BERNARDO ESQUINCA
INFRÁMUNDO

NARRATIVA

Derechos reservados

© 2017 Bernardo Esquinca
© 2017 Almadía Ediciones S.A.P.I. de C.V.
    Avenida Patriotismo 165,
    Colonia Escandón,
    Delegación Miguel Hidalgo,
    Ciudad de México,
    C.P. 11800
    RFC: AED140909BPA

www.almadia.com.mx
www.facebook.com/editorialalmadía
@Almadía_Edit

Primera edición: noviembre de 2017

ISBN: 978-607-8486-48-9

Impreso y hecho en México.

BERNARDO
ESQUINCA
INFRAMUNDO

Almadía

PRÓLOGO

Ciudad de México-Tenochtitlan, 30 de junio de 1520

Jugó a ser Dios y ahora Dios lo había abandonado. Llovía. No sólo agua: también flechas, piedras. Gritos de guerra y dolor saturaban el aire. Las patas delanteras de su caballo se doblaron; el hocico de la bestia se hundió en el fango de la calzada. Cuando el animal se inclinaba, moribundo, hacia el costado izquierdo, Blas Botello saltó para evitar que su pierna quedara atrapada bajo el costillar. Miró al frente: oscuridad, niebla. Detrás de él estaba el canal que acababa de cruzar pisando los cadáveres de soldados y caballos caídos. Eran tantos que habían terminado por rellenar el foso. Pensó en la ironía: Cortés mandó construir un puente portátil de madera, pero ahora eran sus mismos hombres muertos los que permitían la huida.

Un rayo iluminó las orillas de la calzada, mostrando otro horror: cientos de canoas tripuladas por furiosos guerreros aztecas. Recordó lo que había escrito en su libro de adivinaciones horas antes: *Si me he de morir aquí en esta triste guerra en poder de estos perros indios.* El libro. No se podía marchar sin él. Buscó su petaca en los costados del caballo pero había desaparecido. Se asomó al canal y allí la vio, flotando entre un amasijo de cabellos, crines, ojos cegados y bocas abiertas que parecían querer tragarse aquel lago maldito. Botello no lo pensó dos veces y se arrojó al foso. Tomó su petaca, intentando conservar el equilibrio. Cruzar aquel puente de cuerpos con su caballo había sido sencillo; a pie resultaba precario, azaroso. Se dio la vuelta para enfilar de nuevo hacia la calzada. Miró las tinieblas de Tlacopan: hacia allá debía dirigirse, a la seguridad de la tierra firme. Su pierna se atoró con algo; miró hacia abajo y descubrió la causa: una mano que emergía entre el nudo de miembros le sujetaba la bota. Se la quitó de una patada sólo para ver cómo otros dedos salían del agua y lo jalaban de la pernera del pantalón. Antes de que pudiera reaccionar, numerosas manos comenzaron a tirar de él con desesperación. Era tal el deseo de salir de los soldados que se ahogaban, que lo arrastraban consigo. Sin soltar su petaca buscó asirse de la montura de un caballo; el agua ya le llegaba al cuello, sus pies no encontraban asidero.

Las adivinaciones de la víspera acudieron a su mente.

No morirás.

Sí morirás...

Había jugado a ser Dios, pero ahora, mientras se hundía junto a los despojos de un ejército vencido, comprendió que Dios no existía. No en esa tierra donde gobernaban monstruos descoyuntados, ataviados con falda de serpientes.

Un caballo apareció en la calzada y de un salto cruzó el foso. Blas Botello estiró los brazos en una última súplica, pero el jinete no alcanzó sus manos, sólo la petaca, que desapareció junto con el animal, al otro extremo del camino.

El nigromante Blas Botello cerró los ojos, abrió la boca y se resignó a que las aguas se lo llevaran al inframundo.

Los sobrevivientes reposaban, exhaustos, en el pueblo tlaxcalteca de Hueyotlipan. Unos se lavaban las heridas, otros curaban a los caballos. Los que podían comer devoraban ayotes. Cortés repartía entre los soldados parte del botín de joyas y piedras que habían logrado salvar.

Junto a una fogata se alzaba la pila de objetos rescatados durante la huida: armas, ropa, botas, monturas. El capitán Alonso de Ávila se acercó a revisarla. Reconoció la petaca de Blas Botello: era su compañero de habitación en las casas viejas de Moctezuma. La abrió. Dentro había un talismán con forma de falo y un libro de adivinaciones. Ávila recordó la profecía que Botello le dijo la víspera y que influyó en el ánimo de los soldados, quienes presionaron a Cortés para abandonar Tenochtitlan: "Esta noche no quedará hombre de nosotros vivo si no se tiene algún medio para poder salir". A él le debían la vida. Perdieron a la mitad de la tropa, también el tesoro arrebatado a Moctezuma. Sin embargo, podían volver. Había un tesoro aún más grande esperándolos: toda la tierra que pisaban sus pies y que se repartirían si resultaban vencedores.

Alonso de Ávila devolvió el talismán a la petaca y se quedó con el libro. Era valioso: en sus páginas se podía adivinar el futuro. Uno que ya vislumbraba de grandeza para él y su descendencia.

Cortés advirtió: "No caigan en agüeros". Pero el libro de Botello era mágico. Lo necesitaban en aquella tierra poblada de demonios.

PRIMERA PARTE
EL SANTO GRIAL

1

Ciudad de México, capital de la Nueva España, 3 agosto de 1566

Las cabezas rodaron en el fango de la Plaza Mayor. Giraron hasta detenerse, una junto a la otra, bocarriba. Antes de que sus ojos se apagaran para siempre, los hermanos Ávila tuvieron una última visión: el cementerio de Catedral, donde sus cuerpos serían enterrados. Las cabezas dilatarían en llegar: serían exhibidas en la plaza, hasta que las aves las dejaran descarnadas, para que el castigo ejecutado sobre los conspiradores sirviera de escarmiento al resto de la población.

Todo inició meses atrás, en un juego que se fue tornando serio. Gil y Alonso de Ávila, junto con Martín Cortés, descendientes de conquistadores, planeaban instaurar un nuevo gobierno en la Nueva España. Comenzaron a codiciar el poder durante las mascaradas y saraos a los que atendían con mayor frecuencia de la recomendada. Azuzados por el vino y agrandados por su linaje decidieron dar los primeros pasos: robar objetos valiosos a sus familiares; venderlos y juntar el oro necesario para llevar a cabo su rebelión. Martín se hizo con un penacho que su padre dejó en un baúl, junto con otras pertenencias. Los hermanos Ávila debían responder con algo de semejante valor. Sabían que en su familia había un libro al que se le tenía una mezcla de reverencia y temor. Había sido propiedad de su tío Alonso. Un volumen proveniente de los días de la Conquista. Desde pequeños oyeron las historias. Su tío lo guardaba bajo la almohada para que le susurrara cosas mientras dormía. Algunas mañanas despertaba oyendo voces, y entonces podía hacer augurios. A nadie en la familia le gustaba, porque sólo vaticinaba desgracias. Las tías y las abuelas explicaban la razón: lo que escuchaba el conquistador Alonso de Ávila eran las voces de los muertos.

La leyenda familiar decía también que, luego de un sueño afiebrado, Alonso se levantó con una profecía en los labios:

—De esta familia, de estas casas, no quedará rastro, ni piedra sobre piedra.

El libro valía una fortuna y debía estar en alguna alacena u arcón olvidado. Era necesario buscar, remover, desempolvar.

Martín Cortés presionó: quería ser la cabeza del nuevo gobierno. Había que apurarse. Los planes continuaron, las fiestas también. La conspiración era un secreto a voces. Lo sabían los compañeros de juerga, los vecinos, los esclavos. Tanto amigos como enemigos estaban al corriente. El murmullo llegó hasta los oídos de la Real Audiencia. Poco antes de que el Aguacil Mayor derribara la puerta de los hermanos Ávila y entrara custodiado por un puñado de guardias, Gil y Alonso encontraron el libro; lo escondieron en el sótano, en una trampilla oculta bajo la alfombra. Cuando fueron aprehendidos y sus pertenencias confiscadas, el preciado objeto pasó desapercibido.

Los Oidores sólo tuvieron piedad con Martín Cortés. Los hermanos Ávila fueron sentenciados a morir. Mientras sus cabezas se pudrían a la vista de los paseantes en la Plaza Mayor, sus casas caían bajo el peso de los martillos, demolidas hasta sus cimientos. Una vez que se retiró la última piedra, el terreno fue regado con sal, para que nada volviera a crecer allí. El último acto del castigo a los conspiradores fue colocar un padrón infamatorio que recordara, por el resto de los siglos, su traición.

Durante largo tiempo, la esquina donde antes se encontraban las casas de los hermanos Ávila fue un muladar. La gente evitaba caminar por ahí, y si tenía que hacerlo apresuraba el paso, santiguándose. El lodo, los escombros y los desperdicios prosperaban. Los excrementos de los perros callejeros se acumulaban, produciendo un olor nauseabundo, atrayendo enjambres de moscas.

Bajo esa inmundicia un viejo libro aguardaba, paciente, la llegada de su próximo dueño.

* * *

Ciudad de México, mayo de 2016

Aunque Leandro Ceballos creció rodeado de libros su afición principal era otra. Por supuesto que le gustaban: sabía apreciar el olor a humedad, la pátina acumulada, la textura rugosa de los volúmenes viejos. Sentía placer al sacudirles el polvo, al abrirlos para atestiguar las huellas que el paso del tiempo –e incontables manos– había dejado en ellos. Porque lo que su padre vendía, y anteriormente su abuelo Artemio, eran libros antiguos, raros, de colección. Leandro pasó su infancia en el mismo local del que ahora se hacía cargo: la librería Inframundo en Donceles, esa calle que era el paraíso de los bibliófilos, de los cazadores de hallazgos.

A pesar de ser un buen librero, de poseer los conocimientos suficientes para continuar con dignidad la tradición y el negocio familiar, su pasión era otra.

Leandro tuvo las condiciones idóneas para enamorarse de los libros. Jugaba entre volúmenes que pronto empezó a hojear. Escuchaba todo tipo de historias y leyendas que el abuelo le contaba a su padre. Nunca las olvidó, porque eran fascinantes: las librerías de viejo de la calle de Donceles eran insondables, ya que, por más libros que se metieran en sus bodegas, estas nunca se llenaban. Algunas contenían volúmenes mágicos o malditos que los libreros no se atrevían a vender. En ellas, el tiempo corría de manera distinta: un cliente podía pasar tres horas dentro, y al salir, descubría que en su reloj tan sólo habían transcurrido cinco minutos… Y lo más alucinante:

entre sus laberínticos pasillos atestados de libros existían pasajes que comunicaban a otros sitios de la ciudad.

Años más tarde, cuando Artemio agonizaba en una cama de hospital, le hizo una confesión a su nieto: en la librería de la familia había un portal que transportaba al pasado, a otra época de la Ciudad de México. Él lo había utilizado para conseguir libros perdidos. Leandro apretó la mano del abuelo y sonrió, condescendiente. La cercanía con la muerte lo hacía delirar.

Artemio le advirtió:

—Jamás lo uses. Puede ser tu ruina.

Estas cuestiones sentimentales que lo ligaban a los libros no impidieron que Leandro prefiriera una cosa por encima de las otras.

Su obsesión era acosar mujeres.

Desde niño fue una persona sin gracia. Era torpe, tartamudeaba, olía mal. Las niñas lo evitaban. Ahora, a sus cuarenta años, poco había mejorado. Salvo la tartamudez, que superó leyendo en voz alta numerosos libros con un lápiz en la boca, seguía siendo un hombre desagradable: cabellos tiesos e ingobernables como los de un estropajo —ese era su apodo: "Estropajo"—; hombros caídos y barriga salida; dedos rollizos y uñas crecidas, con mugre debajo. Y había algo más, el toque final de aquella imagen repulsiva: hiciera el clima que hiciera, Leandro siempre estaba sudando; su frente coronada por gotas brillantes, temblorosas, resbaladizas.

Estropajo.

Un día decidió que nada le impediría estar con una mujer. Lo haría por las buenas o por las malas. Llevaba años observando, rondando, planificando. El momento se acercaba. Había encontrado a la candidata ideal. Las rosas, los regalos, las palabras galantes ya no estaban en su mente. No era el camino, lo sabía.

Sería a la fuerza. Su urgencia gritaba por carne, y estaba harto de aullar en soledad.

Salió a la plaza Tolsá y se quedó contemplando las mamparas que rodeaban al Caballito. Desde que unos idiotas habían intentado limpiarla utilizando sustancias inadecuadas y corrosivas, la estatua ecuestre de Carlos IV permanecía oculta a la vista del público. Llevaba mucho tiempo así. Al parecer, nadie tenía la menor idea de cómo arreglarla. No le extrañaría que un día las autoridades decidieran reubicarla en alguna plazuela sórdida, disimulada por un eje vial, como ocurrió con la fuente más antigua de la urbe, perdida en las cercanías del metro Chapultepec. Así era la Ciudad de México, con su vocación de palimpsesto. Con más capas que una cebolla, pero con igual capacidad de hacer llorar a quien expusiera sus ojos ante ella. Lo invadió una creciente molestia hacia las autoridades, políticos y ciudadanos cómplices del holocausto cotidiano. Pensó en escribir algo al respecto en el siguiente número del *Periódico Munal*. Sin embargo, el sentimiento pasó rápido y se percató de su ridícula postura. La indignación era un tema para los desocupados, para los ociosos, para aquellos que no tenían mayor urgencia que mostrar su repudio hacia cualquier tema en las redes sociales u otros medios. Ahora que había dejado de trabajar para el *Semanario Sensacional*, y en su lugar editaba el mensuario del Museo Nacional de Arte, tenía tiempo libre. Demasiado. La ociosidad era la madre de todos los vicios; también la de los pendejos. Como aquellos que le habían arrancado el rostro al Caballito, su pátina centenaria que no podría ser sustituida con nada…

Caminó por Filomeno Mata; en la esquina con Cinco de Mayo se topó con un grupo de mirones. Al principio pensó que era una filmación, cosa frecuente en aquella zona; después se dio cuenta de que se trataba de un atropellado. Quiso seguir de largo —desde que abandonó su anterior profesión de reportero de nota roja intentaba alejarse de todo lo relacionado con ella— pero algo en la multitud llamó su atención. Fue sólo una instantánea, una imagen que se coló por el rabillo del ojo, muy nítida. Tan nítida como imposible. Retrocedió y se abrió paso a codazos —técnica perfeccionada en sus tiempos de reportero— hasta el centro de la multitud. Miró a todos lados y ya no lo vio. ¿Cómo lo iba a ver, cómo iba a ser posible, si Verduzco llevaba años muerto? Lo había matado la Asesina de los Moteles, tras una última y letal cogida. Al menos Verduzco tuvo esa despedida, pensó, en brazos de una mujer hermosa; en cambio, el atropellado comenzaba a convulsionarse en una danza final con el asfalto hirviente y los incontables chicles que se derretían en su superficie… La sirena de una ambulancia cercana lo sacó de sus pensamientos. Caminó, nervioso, hacia Madero. Él veía a los muertos en sueños, nunca a plena luz del día. Antes podría haber culpado al estrés por aquella visión, ¿y ahora? Necesitaba una cerveza. Conocía el refugio perfecto. Tenía tiempo antes de su cita con Dafne.

La burbuja del Hotel Geneve lo absorbió, aislándolo del caos de la Zona Rosa. Atravesó el elegante vestíbulo de paredes recubiertas de madera, libros empastados y pinturas virreinales; pasó debajo de su enorme candelabro y se introdujo en la penumbra roja del Phone Bar. Tomó asiento en una de las pequeñas mesas. De inmediato atacó los cacahuates que ya lo esperaban dentro de un auricular antiguo convertido en recipiente para botana. Cuando el mesero se acercó le pidió una cerveza y un plato con aceitunas. Se relajó tras el primer trago. ¿De qué, si nada lo angustiaba? *La ciudad estaba viva. Era una enemiga haciendo cosas para acabar con la gente.* Eso lo leyó en algún lado. Se llevó la mano al costado izquierdo y palpó la cicatriz que le dejó su encuentro con el Asesino Ritual. Parecía algo lejano. Ya no estaba expuesto a esos peligros. Su mayor preocupación era que los curadores del museo le tuvieran a tiempo los artículos sobre las exposiciones. Y aun así, algo lo inquietaba.

Dio un trago más largo a su cerveza y se recargó en el asiento. La atmósfera del Phone Bar era un remanso. Con su cabina roja presidiendo al centro y sus paredes adornadas con teléfonos de colección. Uno podía sentir que en verdad se encontraba en otra época, en otra ciudad que aún era posible. Lo único que rompía el hechizo era un discreto televisor de pantalla plana en el que se transmitía un partido de basquetbol. Resultaba inverosímil que un lugar como aquel sobreviviera en una urbe con tendencia a arruinar su patrimonio, a convertir lo clásico en esperpento. En pleno corazón de la Zona Rosa, gobernada por oficinas, casas de cambio, boutiques de lencería y atuendos para travestis, estéticas, *sex shops*, bufetes de comida china y fritangas, un hotel del Porfiriato se alzaba con la dignidad de un dinosaurio en un zoológico.

La tradición de esperar a Dafne en el Phone Bar provenía de la época en que ella trabaja en el Solid Gold, un *table dance* que estaba a una cuadra del Hotel Geneve. Ahora dichos negocios habían dejado de existir –o al menos eso afirmaban las autoridades, tras una cruzada contra la trata–; el edificio que antes albergara al Solid Gold mostraba unos sellos de CLAUSURADO, como tantos otros establecimientos similares de la Zona Rosa y la ciudad. Dafne ya no bailaba. Ahora formaba parte de un servicio *escort*: acompañaba a políticos, empresarios o inadaptados sin novia pero con dinero a cenas, bailes e incluso viajes. ¿Se acostaba con ellos? Jamás se lo había preguntado a ella, pero era obvio que sí. Aprendió a mitigar sus celos tiempo atrás. Finalmente la había conocido en un tugurio, viéndola bailar para otros, ejerciendo el arte de complacer las fantasías de los solitarios… como él.

–Tiene una llamada –el mesero lo abordó, interrumpiendo sus reflexiones.

—¿Yo?

—Usted es Casasola, ¿no?

Cruzó de nuevo el vestíbulo y fue hacia los teléfonos —todos antiguos también— que se encontraban a un costado de la recepción. Tomó el auricular, sintiendo el peso de la historia, imaginando la cantidad de conversaciones acumuladas a lo largo de los años, los saludos y las despedidas de gente que ya no estaba...

—¿Bueno?

Un sonido extraño brotó. Al principio no lo supo identificar. Algo se deslizaba por una superficie con textura rugosa, produciendo un ruido constante, hipnotizador.

—¿Diga?

Nada. Sólo aquel sonido como de... una aguja sobre un acetato. Una música apagada brotó. Voces lejanas entonaban una melodía pasada de moda.

Comprendió. Lo que estaba escuchando al otro lado de la línea era un fonógrafo.

Una voz de hombre dijo al fin:

—¿Me oye? Soy yo...

La línea se cortó. Aquella voz había sonado como si estuviera al otro extremo de un túnel. Uno largo, profundo, al que Casasola acababa de asomarse.

Algo en su interior le decía que volvería a escucharla.

2

Ciudad de México, capital de la Nueva España, mayo de 1654

Las voces lo habían seguido hasta las cárceles secretas. Y lo que las voces decían era: *tu compañero de celda te matará*. Melchor Pérez de Soto aprendió a escucharlas, a tomarlas en serio. Su vida corría peligro, debía anticiparse. Esa madrugada aguardó despierto, tendido en su camastro, hasta que escuchó roncar a Diego Cedillo. Luego juntó saliva entre los dedos pulgar e índice y apagó la vela que reposaba en el suelo. No quería precipitarse. Esperó unos instantes, escrutando la oscuridad. Provenientes de una celda cercana, le llegaron el olor del chocolate mezclado con chile y las risotadas de una esclava. Algún preso influyente pasaba una noche mejor que la suya. Sigiloso, se aproximó a su compañero. Se inclinó sobre él, le rodeó el cuello con las manos y comenzó a estrangularlo. No era algo personal; apenas lo conocía. Sin embargo, las voces habían hablado. Su vida estaba en riesgo. Presionó con fuerza, esperando acabar pronto con aquella tarea.

Pero las voces nunca se equivocaban.

La falta de aire hizo que Diego Cedillo despertara. Lo único que pudo ver fue una sombra que lo asfixiaba. Estiró una mano bajo el camastro y cogió la piedra que guardaba debajo. La había metido ahí días atrás, como una precaución. Un solo movimiento bastó para derribar a su atacante; Cedillo brincó sobre él, y continuó golpeándolo hasta que le hundió el rostro. Exhausto, arrojó la piedra a un rincón y volvió a acostarse en su camastro.

El arquitecto Melchor Pérez de Soto había sido un hombre próspero y reconocido en la Capital de la Nueva España. Ahora su cadáver yacía desfigurado en los sótanos del Palacio de la Inquisición. Trabajaba como Maestro de Obras de Catedral. Era, también, un erudito y un bibliómano: tenía más de mil quinientos volúmenes en su hogar.

Su casa se alzaba en la misma esquina donde alguna vez estuvieron los aposentos de los hermanos Ávila.

Cuando tomó posesión de ella nunca imaginó lo que guardaba en sus entrañas. Fueron los trabajadores que cambiaban el piso del sótano quienes le informaron del hallazgo de una trampilla. Ya no tenía argolla: el mismo Melchor la abrió utilizando una barra de hierro. Dentro encontró un libro viejo, el más extraño que hubiera visto: era pequeño, casi una libreta; estaba empastado en cuero negro y sus páginas de piel de res saturadas de cifras, rayas y apuntes indescifrables. Emocionado, lo incorporó a su acervo. Pensó que más adelante se lo podría mostrar al bibliotecario de algún convento, en busca de pistas sobre su origen.

No tuvo tiempo de hacerlo. Pronto, Melchor descubrió que el libro le hablaba. Decidió colocarlo bajo su almohada para escucharlo en sueños. Su mente se pobló de voces, de vaticinios. Tanto sus criados en la casa como sus trabajadores en Catedral comenzaron a verlo con desconfianza.

Un día, mientras supervisaba las obras desde un andamio, dijo:

—Esta Catedral dilatará ciento cincuenta y nueve años más en concluirse. Habrá incendios, morirá gente.

La Inquisición no tardó en tocar a su puerta. En la biblioteca encontraron libros prohibidos, entre ellos varios ejemplares de astrología. Todos los volúmenes fueron confiscados. El más antiguo de todos, el que le hablaba a Melchor por las noches, fue catalogado como inclasificable y comenzó a acumular polvo en un oscuro anaquel.

Cuando los celadores descubrieron el cadáver ensangrentado de Melchor Pérez de Soto no se sorprendieron; estaban acostumbrados a ver cómo los reclusos perdían la razón, merced de las condiciones que imperaban en las cárceles secretas: aislamiento, penumbra, una constante humedad en la que proliferaban parásitos. Eso, sumado a un aburrimiento espantoso, daba como resultado el rápido deterioro de la salud mental de los presos. A veces era inevitable que se mataran unos a otros.

No supieron que, en el caso del Maestro de Obras de Catedral, un coro de voces muertas había hecho su propia contribución.

Tampoco repararon en una pequeña inscripción, tallada en la pared con un clavo por la mano de Melchor Pérez de Soto. Decía:

No morirás.
Sí morirás…

* * *

Tras el mostrador, oculto entre pilas de libros, Leandro espiaba cuando una mujer entraba en la librería. No perdía detalle de su aspecto, de sus movimientos. Cómo vestía, qué partes del cuerpo enseñaba; la manera en que se alzaba en las puntas de los pies y tensaba los músculos del cuello para alcanzar un libro de un anaquel alto. Sabía qué tipo de libros eran los más buscados por las jóvenes; esos los colocaba en las repisas inferiores, para obligarlas a que se pusieran en cuclillas. El truco solía dar resultado: las faldas se deslizaban mostrando muslos firmes, poblados de vellos diminutos, casi transparentes. Cazar unos pechos era más complicado; sin embargo, Leandro no dejaba de esforzarse. Era paciente, tenaz. Durante un tiempo tuvo un mostrador-vitrina en el que colocó grabados y litografías antiguas a la venta, con el objetivo de que las mujeres, al contemplarlas, se agacharan frente a él. Y aunque a veces funcionaba, tuvo que desistir: los cristales lo hacían sentirse desnudo, volvían vulnerable su refugio.

Cierta ocasión ocurrió un milagro. Coincidió que sus dos empleados faltaron por motivos de salud. Al no haber nadie que la atendiera, una mujer en minifalda utilizó la escalera para revisar los libreros superiores. Desde su búnker-mostrador Leandro tenía una vista perfecta de sus bragas. La clienta dilató revisando libros y él aprovechó para masturbarse; estaba tan caliente que se vino en segundos, manchando el piso. Entonces tomó la decisión de despedir a los empleados. Y aunque el episodio de la escalera no se había repetido, aguardaba con ansia a que el avaro dios de los solitarios le regalara otro placer semejante.

Leandro observaba a las clientas que se movían entre los pasillos e islas de libros con discreta intensidad. Imaginaba sus nombres, el color de su ropa interior, la forma de sus pezones. A todas las pensaba depiladas del coño. ¿Cómo cogían? ¿Ronroneaban, gemían, gritaban? Él las *haría* gritar… Ponía especial atención en los zapatos. Los zapatos decían mucho de una mujer. Una mujer que caminaba cómoda en tacones altos era dominante; la que se movía discretamente en zapatillas, sumisa.

Eso creía, pero se equivocaba. Porque Leandro Ceballos no sabía nada de mujeres. Lo obsesionaban. Las codiciaba igual que a un trofeo. Jamás había estado con una. No tenía nada que ofrecerles más que un conjunto de fantasías inanes… Su libido era algo parecido a los restos de un banquete abandonado a la intemperie: huesos roídos, espinas goteantes, escarabajos, larvas prosperando.

Leandro era el carroñero que se arrastraba por las sobras.

No quitaba el ojo a las clientas, analizándolas parte por parte: cabello, orejas, tatuajes, *piercings*. ¿A qué sabrían esas superficies cuando pasara su lengua sobre ellas? Carne, tinta, metal... Todo lo estimulaba. Permanecía atento a los detalles cada vez que, como ahora, una mujer pasaba sus dedos con anillos por los ejemplares empastados. No se trataba de cualquiera: era la Clienta Especial. La que había elegido. La depositaria de su furiosa imaginación. Leandro se acomodó en el mostrador para verla mejor. El cabello pintado de mechones azules, las piernas largas saliendo de unos shorts de mezclilla, los pies enfundados en unos suecos que dejaban al descubierto el talón. Calzado ruidosos que le permitían saber hacia qué sector de la librería se desplazaba la Clienta Especial. Era una ternera con cencerro. O un gato con cascabel en el collar. Su preferida. La que iba a hacer suya. Por las malas. Quizá hasta le gustara. *Sí, cariño, lo vas a disfrutar...*

La Clienta Especial se acercó, indiferente al escándalo que provocaban sus zapatos, y colocó sobre el mostrador una edición vieja de la novela *Santa*. Leandro comenzó a sudar más que de costumbre; sacó su mugriento pañuelo y se lo pasó por la frente. La mujer le sonrió con una amabilidad forzada, pero sus ojos lo evitaron. Como siempre.

No importaba. Pronto, la Clienta Especial no tendría otra cosa que ver más que su rostro.

Sé dónde vives. En qué trabajas. Soy tu sombra. Vivo pegado a ti.

La visita al *Semanario Sensacional* resultó más deprimente de lo que esperaba. Tenía rato sin entrar a su antiguo trabajo. La pequeña oficina se veía sucia, amontonada. Pilas de periódicos y expedientes ocupaban las superficies de los escritorios. El polvo era ubicuo, se posaba en capas densas sobre los objetos; algunos conservaban inquietantes huellas dactilares, como señales de un mundo desaparecido. Incluso vio una caja antediluviana de pizza, probablemente de la época en que Quintana y él devoraban comida chatarra durante sus largas jornadas aporreando el teclado. El lugar tenía el aspecto de una bodega abandonada. De no ser por el viejo que leía un periódico sentando en el único escritorio habitable, habría llamado a Protección Civil para que clausurara la oficina, y a los bomberos para que la escombraran.

Santoyo era ya el único trabajador del muy venido a menos *Semanario Sensacional*. Llenaba las páginas con boletines de la policía; los reportajes que alguna vez le dieron fama a su publicación se habían extinguido. Casasola no sabía cuántos años tenía su exjefe —más de ochenta, seguro—; por primera vez lo vio cansado, ajeno al medio, derrotado. Su sueño de transformar el semanario en diario ahora era imposible. Había dejado el cigarro electrónico y regresado al tabaco. El cenicero a su lado rebosaba de colillas.

—Allí hay más cigarros muertos que cadáveres en el Semefo —dijo Casasola, para abrir la conversación.

Santoyo pareció recordar algo; dejó a un lado el ejemplar de *La Prensa* que leía, tomó el paquete de Raleigh y encendió un nuevo cigarro.

—No creo que hayas venido porque te preocupa mi salud. ¿Qué te pasa? ¿Te dejó tu novia? Es el problema de andar con una teibolera: tarde o temprano te cambian por alguien con más billetes.

A Casasola le caló el comentario, pero no se molestó con su exjefe. Santoyo era un viejo amargado y arruinado, sin futuro. Aunque eso no impedía que fuera tan agudo y certero como siempre. En cambio, lo que le perturbó fue que supiera todo de su vida. Sus cualidades de gran chismoso estaban intactas.

—Los *table dance* ya no existen. Te recuerdo que los cerró un jefe de gobierno con mucha iniciativa y una dudosa reputación de su hombría.

—¿Y tú le crees a la autoridades? Sigues siendo ingenuo, esos antros operan en la sombra. Fíjate bien: aunque están clausurados, muchos tienen los sellos rotos. Ninguno posee ventanas. ¿Quién sabe qué demonios ocurre en el interior? Quisieron combatir la trata, pero en la clandestinidad deben ocurrir cosas peores. Además, les quitaron a muchos solitarios la única oportunidad de tener cerca a una mujer. Ahora los predadores andan sueltos, ansiosos como perros callejeros, buscando un trozo de hueso. ¿No ves cómo acosan a las mujeres en esta ciudad, a plena luz del día?

Santoyo y sus teorías de la conspiración. No tenía el ánimo de rebatirlo, en parte porque quería salir de ahí pronto, pero también porque el viejo podía tener razón. En la Zona Rosa, Casasola había visto algunos *table dance* clausurados que daban la impresión de seguir funcionando. ¿Habían hecho bien las autoridades al cerrarlos? No lo sabía. Una cosa era cierta: estos establecimientos fueron la educación sentimental de numerosas generaciones –incluida la suya–, la puerta de entrada a un mundo misterioso poblado de promesas. Muchos tímidos se habían curado en ellos, y los que no encontraron cura hallaron consuelo permanente. Con los *table dance* se había ido una época de la ciudad.

–Bueno, en todo caso, ella ya no es bailarina. Ahora trabaja en un servicio *escort*.

–Peor: ahora se prostituye. Aguas. Los celos llevan a la gente a protagonizar las páginas de la nota roja.

–La sangre no es lo mío, por eso cambié de giro. En cambio, tú sí que puedes acabar en la portada de *La Prensa*: aplastado por torres de periódicos, como los hermanos Collyer. Deberías limpiar este cuchitril.

Santoyo ignoró el comentario e incorporó la colilla al cementerio de cigarros.

–Claro, ahora haces notitas de exposiciones pedorras a las que va puro esnob para aparentar que en este país importa la cultura. ¿Cuál es la gran tragedia del Museo Nacional de Arte? ¿Otra amenaza de los huevones del sindicato? ¿Se quedaron sin presupuesto para traer más pintores franceses? Me vas a hacer llorar…

—Lo dirás de broma, pero hace poco un trabajador de limpieza cayó por un tragaluz y se mató.

Santoyo se incorporó en el asiento; sus ojos tenían un brillo luciferino, como en los viejos tiempos.

—¿En serio? Por qué chingados no me enteré, carajo.

Casasola se encogió de hombros y aprovechó para cambiar de tema.

—Necesito platicarte algo: el otro día, en plena calle, vi a Verduzco. Estaba entre los curiosos que observaban a un atropellado.

Esperaba el típico comentario sardónico de Santoyo, pero su exjefe volvió a sumirse en el asiento y permaneció pensativo.

—Ya decía yo que venías por algo importante…

—¿Importante? Creí que te burlarías, que me tildarías de loco.

Santoyo tomó la cajetilla de Raleigh; estaba vacía, así que la arrugó en su puño.

—Yo he visto a otro amigo nuestro en las cantinas del Centro: Quintana. Varias veces. Pensé que era demencia senil; sabes lo mucho que lo quería. Aún no me repongo de su muerte, la ruina que me envuelve proviene de ese duelo mal llevado. Pero si tú viste a Verduzco ya no es locura, ni casualidad. Algo está pasando, algo que nos rebasa a ti y a mí, y que tiene que ver con la manera en la que funciona esta ciudad, con la corriente subterránea que…

—El Consejo de Periodistas de Nota Roja Muertos.

—¿Qué?

Casasola se puso de pie. No aguantaba ni un segundo más en aquella oficina.

—Te lo contaré después, con una cerveza. Si tenemos suerte brindaremos con fantasmas.

3

Ciudad de México, capital de la Nueva España, marzo de 1768

Toribio Medina palpaba los libros pero no los leía. Los lomos cocidos con esmero, las páginas olorosas a encierro y humedad o las letras grabadas en el forro le hablaban del aspecto y estado de conservación; en cambio, el contenido le resultaba inaccesible. Sus dedos recorrían los tomos con una curiosidad casi carnal, trasmitiendo a su cerebro la información relevante: forma, textura, aroma. Una protuberancia, una rotura, un doblez; cualquier detalle que los distinguiera a unos de otros. Los tocaba sin leerlos: estaba prohibido, y además, no podía.

Toribio Medina era ciego de nacimiento.

Debido a este defecto había sido elegido para el trabajo que desempeñaba: el encargado de custodiar los libros prohibidos por el Tribunal del Santo Oficio no debía leerlos. La tentación para cualquiera que desempeñara dicho oficio –lo sabían los inquisidores– era mayúscula, pues se pasaba largas horas en soledad junto a volúmenes malditos. Muchos otros antes que Toribio habían caído. Satanás nunca descansaba. Lo ojos eran vulnerables; el espíritu más.

Con Toribio ese problema no existía. Y era eficiente: sabía los nombres de todos los libros, en qué anaqueles se encontraban, si eran anónimos o si se conocía al autor. Cuando algún fraile o catedrático obtenía licencia para consultar un texto prohibido, podía localizarlo con rapidez. Toribio era un joven amable, trabajador. Sus compañeros en el Santo Oficio lo apreciaban; las cocineras lo consentían, le llevaban guisos especiales: cocido de vaca, sopa con queso, camotes con miel, champurrado.

Al igual que muchos ciegos, Toribio tenía desarrollado el sentido del oído. Distinguía a los comisarios, a los auxiliares, a los consultores, no sólo por sus voces: también por el modo en que caminaban o arrastraban los pies, por la manera en que hacían crujir la duela, los escalones, las baldosas. A las mujeres las identificaba por su perfume e igualmente por el tintineo de sus alhajas.

El encargado de los textos prohibidos no podía leer, pero un día escuchó voces provenientes de un libro. Y eso fue algo que nadie, ni siquiera el más severo y astuto de los inquisidores, previó. Sumido en la soledad de las tinieblas, Toribio se entregó a los murmullos. Localizó el ejemplar del que provenían y metió sus dedos entre las páginas. Al pasar las hojas sintió que se hundía en un pozo de lodo y sangre, en un agujero primigenio donde numerosos seres eran paridos y devorados al mismo tiempo en un ciclo interminable. Sabía que era imposible, que su mente lo estaba traicionando. Devolvió el libro al anaquel. Jamás volvió a tocarlo. Sin embargo, continuó escuchando las voces con atención. A veces eran confusas, agobiantes, como si tuviera un nido de alimañas dentro de la cabeza; otras, precisas y punzantes, igual que agujas entrando por sus oídos.

Toribio dejó de hacer bien su trabajo y comenzó a comportarse de manera inusual. Fingía dormir para evitar que lo molestaran, y seguía su diálogo interno con las voces. Se sumió en un mutismo recalcitrante; parecía que además de la vista hubiera perdido también la lengua. Los compañeros que lo apreciaban, las cocineras que lo consentían, se alejaron, extrañados. Los esclavos esparcían chismes o bromas sobre su persona. Los inquisidores lamentaron su cambio de humor, atribuyéndolo a un grave ataque de melancolía.

Poco antes de ser removido de su puesto, Toribio habló por primera vez en largo tiempo. Quienes lo escucharon pensaron que aquel joven encantador había terminado por enloquecer.

Toribio pasó sus dedos callosos por la boca, como si la desentumiera, y dijo:

—El cuarto día de abril la tierra se moverá. Este edificio y las casas de la Inquisición sufrirán daños considerables.

Cuando el día señalado llegó y la ciudad dejó de sacudirse con violencia, los inquisidores buscaron a Toribio para procesarlo por hechicería. No pudieron encontrarlo:

vivía en Zacatecas, en una mina abandonada. Comía lombrices, dormía poco, siempre alerta. Sus pesadillas estaban hechas de sonidos.

* * *

La cena en casa de Roldán Bruno estaba llegando a su fin. El coleccionista vivía en una residencia porfiriana de la colonia Juárez, de techos altos y contraventanas de madera. Había invertido mucho dinero en su arreglo: tanto la duela y los mosaicos del piso como los candelabros que colgaban majestuosos lucían restaurados. Roldán era un exquisito. Su hogar parecía un museo personal, un resumen de las obsesiones que había cultivado a lo largo de su vida: cuadros de pintores academicistas del siglo XIX, retablos antiguos de las iglesias del Centro, litografías que retrataban la ciudad perdida, muebles *art déco*, muñecos de ventrílocuo a los que poco les faltaba para hablar. Y libros. Sobre todo raros. Mientras más difíciles de conseguir, mejor.

El conjunto de cosas que mostraban las paredes, vitrinas, mesas y libreros, costaba una fortuna. Por eso Roldán sólo abría la puerta de su casa a sus amigos coleccionistas, a las personas que compartían su mismo gusto por acumular objetos únicos.

Aquella noche agasajó a la sociedad México Viejo, de la que era fundador.

Roldán tenía setenta y dos años. Vivía solo. Jamás se le había conocido pareja alguna. Usaba gasné. La solapa de su saco lucía un camafeo en forma de prendedor; el anular de su mano derecha, un anillo de oro con una enorme esmeralda al centro. Durante las cenas que organizaba atendía la servidumbre, pero la despachaba cuando pasaban a los digestivos para que los miembros de la sociedad pudieran intercambiar información y chismes en privacidad.

Todo eso lo sabía Max Siniestra, el único invitado que aún permanecía en casa de Roldán. Aprovechó que su anfitrión se disculpó para ir al baño, extrajo la pequeña pistola que guardaba en la bolsa interior de su saco y comprobó que el silenciador estuviera bien colocado. Le dio un trago a su anís y masticó las *moscas*, disfrutando la inyección de cafeína: necesitaba espabilarse tras la abundante cena. Detestaba aquellas reuniones, las estiradas maneras de Roldán y las del resto de los miembros de la sociedad: viejos maniáticos y solitarios, engolosinados con sus conocimientos enciclopédicos, más empeñados en recordar antiguas glorias que en seguir construyendo su leyenda. A sus cincuenta años, Max era el más joven de todos. El más ambicioso también. A diferencia de los otros, él era capaz de llegar hasta las últimas consecuencias para obtener lo que deseaba. Si continuaba frecuentando a la sociedad era porque le convenía.

Como hoy, que había venido para ajustar cuentas.

Desde el sillón de la sala observó la larga mesa del comedor repleta de platos sucios. Los restos incluían huesos de codorniz, bolitas de caviar rosado, tiras de jabugo, trozos de gorgonzola. El entorno recordaba a un banquete romano, con su atmosfera de elegante decadencia. El marco perfecto para su revancha.

Roldán regresó a la sala. Se sentó, tomó su copa y se la llevó a los labios, mientras sostenía en lo alto el dedo meñique, un gesto que a Max le resultaba repugnante. Luego, el anfitrión miró su reloj y bostezó con descaro.

—Bueno, querido, las visitas tienen sueño...

—Antes de que me vaya, tenemos un asunto que arreglar.

Max mostró la pistola y la colocó sobre la mesa. Roldán le dirigió una mirada despectiva.

—¿Me quieres vender eso? Querido, pero si se ve nueva. Además, sabes que odio las armas.

—Basta de tonterías. Hace tiempo me quitaste algo que me pertenece y vine a recuperarlo.

—¿De qué hablas? Se te subió el anís, mejor vete.

Max tomó la pistola y le apuntó a Roldán. El coleccionista palideció, aunque intentó mantener el aplomo.

—Lárgate antes de que llame a la policía. Tu broma está yendo demasiado lejos.

—Sabes bien de lo que hablo. No me queda la menor duda de que tú me robaste el libro: fuiste el único que no acudió a la subasta.

—¿Se trata de eso? ¿El Santo Grial de los libros antiguos? Por Dios, jamás ha estado en tus manos... Y en las de nadie, que yo sepa.

—Todos los miembros de México Viejo fueron. Aunque no les interesara comprarlo, querían verlo con sus propios ojos. ¡Ningún bibliófilo se perdería un evento así!

Roldán se llevó el dedo índice al cuello y lo utilizó para aflojarse el gasné.

—Una subasta que fue un circo, según me enteré: el supuesto comprador era un actor contratado por ti. Qué mal gusto.

Max golpeó la mesa con la mano libre.

—¡No fuiste porque sabías que no había libro! Tú lo tienes.

Roldán se levantó. Fue hacia el comedor, cogió un hueso con restos de codorniz y comenzó a roerlo, nervioso.

—Estás loco. Yo no tengo ese libro. Y aunque así fuera, jamás se lo daría a alguien como tú: eres un buitre, no lo mereces.

Max se incorporó, furioso. Dio rápidas zancadas hasta situarse frente a Roldán. Amartilló la pistola, colocándola sobre el pecho del coleccionista.

—Dame el libro. Sabes de lo que soy capaz.

Roldán bajó la mirada hacia el arma. Hizo un mohín de desagrado: más que preocuparle la bala, le molestaba el hecho de protagonizar un episodio vulgar, una escena digna de los arrabales de la ciudad. Alzó los ojos y los clavó en su agresor.

—Tú no posees ese libro: en realidad estás *poseído* por él.

—Te lo advierto…

—No puedes matarme. Todos saben que estuviste aquí y que fuiste el último en marcharte.

Max miró el hueso que Roldán tenía en la mano. Igual que hacía con las copas, lo sostenía alzando el meñique.

Una idea vino a su mente. Guardó la pistola y le sonrió con franqueza a su anfitrión. Era la primera y última vez que le regalaba una sonrisa sincera.

—¿Así que aún tienes hambre?

Le arrebató el hueso e hizo que se lo tragara a la fuerza. Mientras Roldán se ahogaba, emitiendo patéticos sonidos guturales, Max comenzó a inspeccionar cada rincón de la casa. Tuvo mucho cuidado de dejar todo en su lugar. No podía parecer robo, mucho menos asesinato.

Le preguntó a la voces qué hacer, dónde buscar, pero no respondieron. Hacía tiempo que lo habían abandonado.

4

Ciudad de México, 11 de junio de 1820

Como le ocurrió a la mayor parte de la población, Mariano Galván Rivera se enteró de la noticia un día después. Cogió con mano nerviosa su chistera y salió del local que tenía en la calle de Tacuba.

Llevaba tanta prisa que olvidó cerrar la puerta. Sobre su cabeza colgaba un cielo radiante: señal de que en verdad la ciudad se había quitado de encima siglos de suciedad y cochambre.

Enfiló hacia la plaza de Santo Domingo. En la esquina de la ex Aduana y la calle de la Perpetua se congregaba un grupo de curiosos. Miraban hacia el interior del siniestro Palacio de la Inquisición. Sus enormes puertas de madera estaban abiertas, custodiadas por militares. Los trabajadores encargados de vaciar el edificio entraban y salían cargando cajas, baúles, mobiliario. Adentro ya no se encontraban los temidos inquisidores; según había escuchado Mariano, escaparon el día anterior por las azoteas del edificio, cuando el piquete de tropa se presentó acompañado de un par de cañones.

Los últimos reos del Tribunal del Santo Oficio habían sido liberados. El viejo edificio quedaba ahora a merced de su leyenda, de sus recuerdos, de sus fantasmas. Pero la suerte del Palacio y la de sus anteriores habitantes no era asunto de Mariano. A él le interesaba otra cosa. Se aproximó a uno de los guardias que custodiaban la puerta y se alzó la chistera a manera de saludo.

–Disculpe. Veo que lo están sacando todo, ¿el archivo a dónde va?

–Al Arzobispado. ¿Por qué la pregunta?

–Me interesan los libros. ¿Saldrán a remate?

Su interlocutor lo miró de arriba a abajo, intrigado.

–¿Acaso es usted catedrático?

–Compro y vendo libros raros. Es mi negocio.

El guardia asintió y permaneció pensativo unos instantes.

–Los libros salieron en el cargamento anterior. Busque a los reos: el capitán les dio ejemplares para vender. Los infelices no tienen a dónde ir ni qué comer. Varios aún rondan por aquí.

Mariano volvió a levantar su sombrero en señal de agradecimiento. Miró hacia la iglesia y observó a diversos hombres en harapos vagando en la plaza, bajo el aplastante sol. Unos se veían meditabundos, otros alzaban los brazos, incrédulos. Habían estado mucho tiempo alejados de sus rayos y ahora los recibían en abundancia. Cruzó la calle y se les aproximó. Ofreció monedas, hizo preguntas. Ninguno tenía libros, pero le señalaron a un viejo que dormía recargado sobre un muro de la iglesia. Estaba en los huesos y una espesa barba le colgaba hasta el pecho. A sus pies, sobre una manta raída, reposaban algunos volúmenes. Mariano se puso en cuclillas para sacudir el hombro del anciano. De su cuerpo se desprendía un tufo agrio, sofocante: el olor de un hombre que se ha podrido en vida.

El viejo despertó sobresaltado. Sus ojos miraron el disco solar y luego se puso a gritar, mientras se cubría el rostro con las manos.

—¡La hoguera! ¡Piedad, piedad! ¡No me entreguen a las llamas!

Lloró como un niño, sin poder contenerse.

Mariano extrajo un saco con monedas de su levita. Era una cantidad generosa. La colocó en las manos del confundido anciano; después hizo un atado con la manta y se llevó todos los libros.

Pasaron los años. Las sombras cayeron sobre el Palacio de la Inquisición: fue subastado, pero nadie quiso comprarlo.

Una tarde de 1839, cuando Mariano Galván Rivera tenía su librería en el Portal de los Agustinos, recibió la visita de un grupo de amigos: el doctor Quintero, el escritor Manuel Pesado, el político José Bernardo Couto. Bebieron café. Como era costumbre, charlaron sobre literatura y libros, comida y viajes. Al final de la velada, Mariano llevó a Couto a un rincón apartado de la librería. Tenía una mirada extraña, un tanto alucinada; los ojos de alguien que no ha dormido en días. Couto pensó que el exceso de cafeína y lecturas estaban pasando factura al librero.

Mariano habló en un susurro, cuidándose de que nadie más escuchara.

—Bernardo, dile a tu hijo que cuide a tu nieto...

—¿De qué hablas? Sabes que no tengo nietos aún.

El librero puso una mano sobre el brazo de su amigo; los dedos presionaron con fuerza, lastimándolo.

—Morirá en 1901, a la edad de veintiún años. Será un escritor famoso, luego caerá en el olvido.

José Bernardo Couto abandonó el Portal de los Agustinos desconcertado. No creía en la profecía de Mariano, pero había algo en sus palabras, en la manera en que las había pronunciado... Como si tuvieran fango y se las hubiera embarrado en el alma.

Jamás volvió a poner un pie en aquella librería.

* * *

Eran las doce del día y el Phone Bar estaba desierto. El barman tardó varios minutos en aparecer. Al pedirle una cerveza, Casasola se sintió culpable. ¿No debería estar en la oficina, trabajando como la mayoría de la gente a esa hora? Pero la chamba ya estaba hecha y Dafne lo había citado. Le dijo que tenía un regalo para él. Su *novia* llegaría tarde, como era su costumbre; sin embargo, Casasola apareció puntual. *Dejar que una mujer se quede esperándote es un error craso.* Era un consejo de Rubem Fonseca y había que seguirlo. Si alguien sabía del tema era el escritor brasileño. La siguiente frase lo demostraba: "No hay mujer que no sueñe con matar a su marido".

El barman se sentó en una esquina detrás la barra y se adormeció. Casasola le dio un trago a su cerveza. Luego otro, esta vez más largo. El problema de beber solo era que se avanzaba con prisa. A esa hora el Phone Bar lo hacía sentirse como Jack Torrance, el personaje de *El resplandor*: un borracho que bebe rodeado de espectros. Pero era el mejor momento: las mesas vacías, el silencio, la atmósfera imperturbable, le hacían sentir que el mundo acababa de ser creado. Recordó una frase de Malcolm Lowry: "¿Qué belleza puede compararse a la de una cantina en las primeras horas de la mañana?" Según informaba el Museo de Sitio del vestíbulo, el escritor inglés se hospedó de joven en el Hotel Geneve. Casasola alzó su cerveza y brindó con sus iguales: los seres de la penumbra. Él era una más de las presencias invisibles del Phone Bar; no le extrañaría que Dafne entrara en aquel momento y no lo distinguiera en medio del vacío.

Dafne…

¿Cómo se habían involucrado? Evocó la noche que la conoció en el Solid Gold. Llevaba rato observándola desde su mesa. Le gustó la manera en que se movía, con mucha soltura, entre la densa penumbra del lugar, y pensó: esta mujer puede guiar a un ciego en la oscuridad. Pagó un baile privado con ella; cuando la tuvo sentada encima de él, se abalanzó sobre su boca. Dafne se dejó besar, sorprendida de que le interesaran más sus labios que sus tetas. Tras unos minutos de intenso intercambio de saliva, ella se despegó para tomar aire.

–Tranquilo, me vas a arrancar los labios.

Después conversaron. Casasola la colmó de mimos, de frases amables. Dafne se dejó querer.

–¿Quién te enseñó a hablar así de bonito? Si oyeras las cosas que me dicen aquí...

Otro cliente la requirió, rompiendo el hechizo. Antes de alejarse por el tenebroso pasillo, Dafne le pidió su teléfono. Habían pasado dos años desde entonces. Ella nunca entraba realmente en su vida, pero tampoco se alejaba.

El barman lo abordó.

–Tiene una llamada.

Al cruzar el vestíbulo, Casasola se dio cuenta de que estaba ligeramente borracho. Ese era otro de los problemas —o de las maravillas— de beber tan temprano: que la embriaguez llegaba rápido.

Descolgó el viejo teléfono, distraído, pensando aún en Dafne, en que hacía mucho tiempo que no se acostaba con ella.

–¿Bueno?

El sonido del fonógrafo lo espabiló de inmediato. La voz tardó unos segundos en llegar.

–Soy yo. Tenemos que vernos.

–¿Aquí? ¿En el Geneve?

–Apárteme una habitación. Ha sido un viaje largo.

Casasola recordó la pregunta fundamental:

–¿Quién es?

El crujido de la aguja sobre el acetato se intensificó.

—Prepárese: nos espera una ardua misión.

La línea se cortó. Casasola no tuvo tiempo de reflexionar sobre lo que había ocurrido porque en ese momento Dafne cruzó el vestíbulo y se metió en el Phone Bar. Colgó y la alcanzó adentro. Ella lo recibió con un abrazo y un beso en los labios, señal de que estaba contenta.

—Te traje un regalo. Pero primero brindemos.

Casasola ya sabía qué era: Dafne siempre le regalaba libros. Él le había contagiado el gusto por la lectura y, en agradecimiento, ella le correspondía con más libros.

—¿Qué estamos celebrando?

—El plazo llegó: en un mes renunciaré a mi trabajo. Después de eso seré tuya *en exclusiva*.

Casasola fingió emoción. Era una promesa que ya le había hecho en otras ocasiones. Dafne se apartó el mechón azul que le caía sobre los ojos y lo miró con suspicacia.

—Ya sé que no me crees. Pero esta vez va en serio. La prueba es el regalo que te compré...

Abrió su bolsa, sacó el libro y lo puso sobre la mesa. Casasola vio el título y esta vez sonrió con complicidad. Lo tomó en sus manos: era una edición antigua, bien conservada.

—Qué maravilla. Te debe haber costado carísimo...

—Te dije que el día que me retirara te lo regalaría.

—Falta un mes.

—Son compromisos, tengo que cumplirlos. No arruines el momento...

—Gracias. Sabes que este libro me gusta mucho.

Dafne citó de memoria:

—*No vayas a creerme santa porque así me llamé. Tampoco me creas una perdida. Barro fui y barro soy; mi carne triunfadora se halla en el cementerio…*

Levantaron sus cervezas y las chocaron con estruendo. Era un momento especial; se entregaron a él de la única manera en que los momentos felices pueden vivirse: obviando el pasado y, sobre todo, el futuro. No se dieron cuenta de que, desde una mesa situada en un rincón apartado, uno de los seres de la penumbra los observaba. De los de carne y hueso. Sus uñas crecidas, llenas de mugre, cogieron un cacahuate. Leandro Ceballos lo pasó de un dedo a otro: no quería comerlo, era una manera de entretenerse. Después continuó espiando, sin producir ningún ruido, como hacen los predadores.

5

Ciudad de México, mayo de 1935

El destino es una serpiente que se muerde la cola.

Pedro Robredo miró el letrero que anunciaba su librería, colocado encima de un toldo desvaído por el sol. Durante dieciséis años había estado ahí, llamando la atención de los curiosos. Retrocedió unos pasos sobre la calle para contemplar el viejo edificio que la albergaba. Las ventanas rectangulares con sus balcones de herrería. La cantera sin ningún adorno. Era una construcción un tanto anodina que, sin embargo, había contemplado el paso de los siglos. El librero suspiró, nostálgico. Acababa de vender el negocio a José Porrúa y pronto se trasladaría a vivir a la ciudad de Puebla. En sus manos tenía el último catálogo que había publicado. Aunque se lo sabía de memoria, lo abrió para leerlo:

Librería de ocasión
Catálogo de algunos libros antiguos y modernos,
raros y curiosos

En ese catálogo final, a manera de despedida, Pedro Robredo listó todos los libros de su acervo, incluidos aquellos que no estaban a la venta. Entre las decenas de volúmenes había uno consignado bajo el siguiente título:

Libro de Blas Botello, astrólogo de Cortés

Había llegado a sus manos años atrás, luego de comprar un lote de libros a los herederos de Mariano Galván Rivera. El ejemplar era muy viejo y estaba maltratado; a primera vista no contenía ningún dato que indicara su procedencia. Intrigado, se puso a investigar. Consultó fuentes antiguas, habló con colegas, revisó archivos, aunque procuró no mostrar el libro a nadie. Su amigo Luis González Obregón le sugirió que podría tratarse de un texto relacionado con la Conquista. Pedro Robredo se puso a releer a Cortés, a Durán, a Motolinía. La respuesta que esperaba llegó en la pluma de Bernal Díaz del Castillo, en dos frases que mencionaba el cronista en su *Historia Verdadera de la Conquista de la Nueva España*, las mismas que aún podían leerse en las páginas de aquel libro tan marchito como enigmático:

No morirás.
Sí morirás…

Así fue como Pedro Robredo supo que era propietario del libro de Blas Botello, el malogrado astrólogo de Cortés, muerto en la vorágine de la Noche Triste. Nunca lo exhibió, tampoco le dijo a nadie que lo tenía. Se lo llevó a su casa y lo guardó en un cajón bajo llave. Cierta noche, sin saber la razón, lo metió debajo de su almohada.

Ahora eso era parte del pasado. El libro, junto con todo su acervo, pasaría a ser propiedad de José Porrúa. Dentro de poco, el letrero que ostentaba la librería cambiaría.

Pedro Robredo cerró la publicación y se limpió las lágrimas que le escurrían por las mejillas. Con el tiempo, la mayoría de los ejemplares de ese último catálogo se perdería; sin embargo, alguno sobreviviría, iniciando entre los bibliófilos la leyenda del libro de Blas Botello, el más codiciado, siempre rastreado y jamás encontrado, que llegaría a ser conocido como el Santo Grial de los libros antiguos.

Días después, cuando le entregó las llaves del negocio a José Porrúa, Pedro Robredo se tomó el tiempo de darle un singular consejo:

—Cuídate de los dioses enterrados.

La Antigua Librería de Robredo, José Porrúa e Hijos, funcionó en el mismo local que su antecesora, en las calles de Argentina y Guatemala; en el mismo edificio donde alguna vez viviera Melchor Pérez de Soto, maestro de obras de la Catedral; en el mismo predio donde alguna vez se alzaron las casas de los hermanos Ávila.

El destino es una serpiente que se muerde la cola.

* * *

Para la mayoría de la gente, el Mulato era uno más de los personajes del Centro. Se le veía deambular por la avenida Juárez, con una gabardina gris, siempre cargando libros viejos. Sus ojos tenían una tonalidad amarillenta que destacaba en la negrura de su rostro. Sus manos grandes sujetaban sin problema los pesados volúmenes. Algunos paseantes pensaban que era un vagabundo lector, un hombre cultivado que había caído en desgracia; otros lo imaginaban como una especie de predicador en busca de fieles o de plano lo calificaban de trastornado: un lunático que le leía a las palomas.

Se equivocaban. El Mulato no era ninguna de esas cosas.

Con él ocurría lo mismo que con otros excéntricos de la zona; terminaban por convertirse en parte del paisaje, mimetizados por el caos de las calles del Centro, donde todo era un abrumador asalto a los sentidos: marchas multitudinarias, protestas en las que la gente se desnudaba, discursos que los megáfonos volvían ininteligibles, bocinas que escupían música estridente a las puertas de los negocios, bandas de rock que tocaban a cielo abierto; cilindreros desesperados, más dispuestos a arrebatar una moneda que a componer sus desafinados aparatos… Eso era el Centro: una sinfonía ruidosa donde lo singular terminaba por perder sentido.

Todos veían al Mulato, por supuesto; un hombre como él no pasaba desapercibido. Pero pocos se molestaban en acercársele, en averiguar quién era en verdad. Y eso era justo lo que le beneficiaba, lo que le permitía realizar su misión, camuflado entre la fauna variopinta del Centro, donde un personaje que llamaba la atención era eclipsado al instante por otro aún más extravagante.

Si alguien se detuviera a observarlo descubriría que no era un ocioso. Comerciaba, tenía clientes, y lo más importante: un propósito. Cuando se le pedía que mostrara los libros que llevaba, ofrecía títulos como el *Necronomicón*, de Abdul Alhazred; la obra de teatro *El Rey de Amarillo*, de autor desconocido; el *Libro de Toth*, de Hermes Trismegisto; *Los dioses secretos y otros estudios*, de Arthur Emerson; *Megapolisomancia: una nueva ciencia de las ciudades*, de Thibaut De Castries...

El Mulato comerciaba con grimorios, con libros malditos, con volúmenes que supuestamente no existían o eran imposibles de conseguir; con conceptos y entidades que a muchas personas no interesaban o no entendían o preferían no entender.

El Mulato medraba. Era el hombre visible e invisible. El medio, el contacto, el propiciador.

Su propósito: abrir una puerta al abismo.

6

Ciudad de México, febrero de 1978

Rafael Porrúa, heredero de la Antigua Librería Robredo, no podía creer lo que veían sus ojos. A tan sólo unos pasos de su negocio, el personal de Rescate Arqueológico del INAH se afanaba en desenterrar un monolito azteca. La visión era escalofriante: se trataba de una enorme piedra circular que representaba a una deidad desmembrada. Tenía la cabeza totalmente echada hacia atrás, como si buscara con desesperación una bocanada de aire por encima del lodo en el que estaba sepultada.

Es Coyolxauhqui, le dijo un arqueólogo. Hermana de Hutzilopochtli e hija de Coatlicue.

Al librero le hubiera parecido fascinante aquel hallazgo —realizado días antes de manera fortuita por trabajadores de la compañía de Luz y Fuerza que colocaban cables bajo tierra— de no haber sido por la terrible noticia que acababa de recibir: el presidente López Portillo quería que el Templo Mayor saliera a la luz; por lo tanto, los edificios situados en las inmediaciones serían derruidos.

La Antigua Librería Robredo, una de las más reputadas de la ciudad, estaba condenada a desaparecer.

Coyolxauhqui, deidad lunar, había permanecido enterrada cuatrocientos cincuenta y siete años, y ahora resurgía como un heraldo de la destrucción. Rafael Porrúa maldijo su suerte. Regresó al interior del negocio para trazar un rápido plan. Su acervo era enorme; difícilmente cabría completo en otro local. Tendría que guardar las dos terceras partes en una bodega y luego, con los volúmenes más selectos, abrir una librería pequeña. Tras hacer las llamadas pertinentes se puso a seleccionar, junto con su hijo —también llamado Rafael— los libros que no quedarían embodegados.

El nuevo negocio quedó instalado en la colonia Juárez, en la esquina de Havre y Reforma.

La mañana en que iba a inaugurarlo, Rafael Porrúa vio a su hijo muy abatido. Le ofreció un café cargado y una pieza de pan pero este no quiso probar nada.

—No te preocupes, hijo, nos irá bien.

El joven Rafael tenía unas ojeras profundas. Miró a su padre, y le dijo:

—Soñé con un terremoto.

Rafael Porrúa recogió los platos y los llevó al fregadero. Después puso las manos sobre los hombros de su hijo. Los masajeó suavemente, como siempre hacía cuando lo notaba tenso.

—Se nos hace tarde. Los clientes aguardan.

No le dijo que él también había soñado con edificios que caían.

* * *

La paciencia de Max Siniestra se agotaba. El libro no estaba en casa de Roldán Bruno. Sus sospechas resultaron erróneas, pero no se arrepentía de lo que había hecho: disfrutó matando a ese cretino amanerado. De momento, podía estar tranquilo: la prensa hablaba de un hombre solitario que se asfixió con un hueso. La policía lo entrevistó, como a todos los invitados a la cena, por mera rutina. Max declaró: "Sí, yo estuve ahí; fui el último en marcharme, todo parecía en orden. Roldán seguía bebiendo y comiendo cuando salí. Parecía como si quisiera convertir su hígado en un *foie gras*".

Esta frase la pronunció con enorme placer, aunque los policías no captaron la ironía.

Si Roldán no tenía el libro, sólo podía haber otro candidato: Basilio Núñez. Era el que más interés mostró cuando Max les comunicó a los miembros de México Viejo que, finalmente, tras una cacería de décadas, había conseguido el Santo Grial. Su insistencia en que se lo mostrara se volvió incómoda. Le llamaba constantemente, se presentaba en su casa a horas inapropiadas. Su acoso fue tal que bloqueó su número de celular e incluso dejó de abrirle la puerta. Basilio también buscó, durante muchos años, aquel libro; decía que era la corona que le faltaba a su librería, pero sus pesquisas menguaron conforme envejeció. Así que tenía que ser él quien lo había robado. Max no se explicaba cómo, pues lo guardaba en una caja fuerte, y esta no había sido forzada… Eso lo averiguaría después. Lo primero era recuperarlo. Ya no podía repetir la pantomima de la subasta, a la que Basilio había asistido, sin duda para disimular. Max se decidió: entraría por la fuerza a su negocio.

Su táctica para conseguirlo fue hacerlo a la vista de todos. Se dirigió en su coche a la librería, ubicada en la calle de Orizaba, y se estacionó cerca de la Plaza Río de Janeiro. Esperó a que dieran las siete de la noche, hora en que su dueño —maniático de la puntualidad— cerraba. En cuanto vio alejarse por la calle al viejo Basilio, apoyado trabajosamente en un bastón, fue hacia la puerta y llamó a su cerrajero de confianza. Se me quedaron las llaves adentro, le dijo. Nadie sospechó de un hombre de porte distinguido, traje impecable, rostro bronceado y barba pintada de canas que esperaba pacientemente a que el cerrajero le abriera la puerta.

Una vez dentro, Max cerró la cortina de metal y esperó un par de horas en silencio a que terminara de anochecer. Entumido, encendió una linterna para empezar la búsqueda; a diferencia de cuando lo hizo en casa de Roldán, ahora no tuvo cuidado: con rabia creciente fue revisando libros y arrojándolos al piso. Vació todos los anaqueles, cajones, archiveros; forzó cerraduras, pequeños candados.

Nada.

Era de madrugada cuando terminó. Al centro del

local se alzaba una enorme pila de libros y documentos. Algunos de ellos tan antiguos como valiosos. Max sudaba. Estaba furioso. Quería que las voces regresaran. Alguien se las había arrebatado; no sabía quién, seguramente se trataba de un complot de México Viejo... De momento, Basilio pagaría las consecuencias.

Max Siniestra se sentó sobre la pila de libros, sacó un puro de la bolsa del saco y lo encendió. No fumaba, siempre había detestado el cigarro. Pero Basilio sí. Los habanos eran sus favoritos.

Le dio varas caladas, intentando encontrar el placer de los fumadores, sin resultado. Cuando la brasa alcanzó una intensidad considerable, la dejó caer sobre la montaña de papel.

Un accidente: el viejo olvidó su puro encendido.

El fuego se propagó con rapidez. Max permaneció unos instantes contemplándolo, satisfecho de su obra. Una frase de una lectura olvidada vino a su mente:

It was a pleasure to burn.

Comenzó a toser. Era momento de marcharse.

En la banqueta se tropezó con un bulto y brincó, sobresaltado. Se trataba de un indigente que sostenía una botella de *tonayan* sobre el pecho.

—Hijo de puta —Max le escupió y apuró el paso para marcharse de ahí, antes de que las llamas alertaran a los vecinos.

Desde el suelo, el indigente observaba. Grabó en su mente el rostro del hombre que se alejaba. Después se acercó al fuego, a su agradable calor, para que lo reconfortara.

7

Ciudad de México, 19 de septiembre de 1985

La ciudad estaba en ruinas. Rafael Porrúa avanzó entre el caos hacia la esquina de Havre y Reforma. El ruido de las ambulancias y el olor a gas saturaban el aire. Vio a una muchacha con una herida en la cabeza, cubierta de polvo, que caminaba desorientada. La ayudó a sentarse junto a un árbol, la recargó sobre el tronco y le dijo que pediría ayuda.

La mujer lo sujetó del brazo y le clavó una mirada llena de pánico.

—Estoy soñando, ¿verdad? Esto tiene que ser una pesadilla...

Y lo era. Rafael pudo comprobarlo cuando desembocó en Havre y Reforma. Al principio pensó que se había equivocado, que en medio de la confusión había tomado una calle equivocada.

Su librería ya no estaba.

Retrocedió unos pasos para revisar el letrero que indicaba los nombres de las calles. Después se talló los ojos con fuerza, como si la culpa de aquella visión fuera un desajuste en su mirada. Pero no había error. Estaba en la esquina correcta. En el lugar donde antes se alzaba su librería sólo quedaba una pila de escombros y fierros retorcidos. Se aproximó, aun incrédulo, esperando –igual que la muchacha herida– despertar en cualquier momento.

Entre las piedras, las varillas y los vidrios rotos, asomaban también sus libros. Aplastados, descocidos, destrozados. La inercia le hizo remover los escombros e intentar rescatar algunos, como si se tratara de personas atrapadas. Sólo obtuvo tapas rotas, legajos, hojas sueltas igual que una baraja desperdigada.

Rafael Porrúa se sentó sobre una piedra, hundió el rostro en las manos y comenzó a llorar.

Aquella mañana se perdieron muchas cosas importantes para la ciudad. Vidas, edificios, pero también vidas imaginadas y edificios imaginados.

El acervo histórico de la Antigua Librería Robredo, expulsado de su casa original por la diosa Coyolxauhqui, acababa de recibir el golpe definitivo.

* * *

Los sellos de CLAUSURADO en las puertas del Tahití parecían llevar décadas. Desvaídos, carcomidos por el sol, habían comenzado a desprenderse. El edificio cuadrangular, de paredes negras y ventanas condenadas que alguna vez albergara al famoso *table dance* de la Zona Rosa, lucía siniestro a la luz del día. La basura se acumulaba a su alrededor, los muros bajos estaban decorados con grafitis. Más que un antro abandonado, daba la impresión de ser una casa de seguridad. Otros edificios que anteriormente fueron *table dance* conservaban la dignidad tras cambiar de giro, pero el Tahití era deprimente. Casasola se estremeció al recordar la teoría de Santoyo. Si en verdad ese tugurio seguía funcionando, ¿qué demonios podía ofrecerse dentro? ¿Ratas desnudándose? ¿Momias quitándose las vendas y la carne?

Caminó sin rumbo por las calles de la Zona Rosa. Ese día no vería a Dafne; se encontraba muy ocupada cumpliendo con los *compromisos* que debía atender antes de renunciar a su profesión. Las cosas eran más fáciles cuando su novia estaba en el Solid Gold: trabaja a la vista de todos, incluso a la de él; ahora, en cambio, el servicio *escort* resultaba un territorio inhóspito, subterráneo. Sólo un mes más, le dijo ella. Faltaba poco. Esperaba que fuera verdad.

Una figura llamó su atención. Era un hombre alto y gordo, de chamarra de mezclilla, que miraba el aparador de una tienda de lencería. Se le hizo conocido e intentó ver su cara, pero en ese momento el sujeto dio media vuelta y se alejó. Casasola fue tras él. Al verlo moverse, no le quedó duda. Un sudor frío empapó su frente y sus manos.

Era Verduzco.

Apresuró el paso pero su antiguo colega dio vuelta en una calle atestada de gente y lo perdió de vista. Probablemente se había metido en alguna tienda. Recorrió los negocios con paciencia; vio ligueros, tangas, dildos, pelucas fosforescentes. Recordó que justo antes de enfrentarse a la Asesina de los Moteles, Verduzco había visitado una *sex shop*. ¿Estaba acaso condenado a vagar ahora por esos locales, en una versión espeluznante del purgatorio, donde contemplaba los placeres que ya no tenía al alcance?

No había rastro de Verduzco. Y cómo lo iba a encontrar —reflexionó Casasola más tranquilo, una vez pasado el latigazo de adrenalina— si estaba muerto. Se dejó llevar por la paranoia, por los recuerdos, por su mente confundida. Había dejado que Santoyo le metiera ideas absurdas y ahora pagaba las consecuencias. Los muertos no caminan a plena luz del día; eso no ocurría en ninguna parte del mundo, ni siquiera en la Ciudad de México, el lugar donde cualquier cosa podía suceder.

Al final de la calle se topó con un local de lectura de tarot. Se encontraba en el sótano de un viejo y angosto edificio de ladrillo; una casona rematada por mansardas cuya elegancia parecía fuera de lugar en la zona. Siguiendo un impulso bajó los escalones y entró.

El penetrante olor a incienso lo mareó. Tras una cortina de cuentas aguardaba una mujer de cabello pelirrojo y tez blanca, rodeada de velas.

—Pasa. Te estaba esperando.

—¿Perdón?

La mujer sonrió. El gesto arrugó su rostro y la hizo envejecer durante unos segundos.

—Bromeo. Es un cliché: me gusta burlarme de ellos.

—Busco a un amigo —aventuró Casasola—. Creí que había entrado aquí, pero me equivoqué.

—Aquí entran y salen muchas cosas. Algunas se ven, y otras no.

—¿Otro cliché?

—No: soy médium.

Casasola comenzó a sentirse inquieto. El local era pequeño; su atmósfera, agobiante.

—¿Médium?

—¿Qué tiene de raro? A la gente le sigue gustando hablar con los muertos. ¿A ti no?

—Tal vez. Es una larga historia…

—Tengo tiempo. Más del que imaginas.

Casasola miró a la mujer con detenimiento. Poseía un rostro extraño: podía ser una joven envejecida prematuramente o una persona adulta bien conservada. La penumbra del sótano no ayudaba a saberlo con certeza. Sintió un vértigo repentino, la necesidad de una bocanada de aire fresco. Desvió la mirada: entre las sombras parecían acechar siluetas, ojos. Tenía que salir de inmediato.

—Otro día. Debo irme.

La mujer le extendió una tarjeta.

—Vuelve cuando quieras. Me llamo Daniela.

Casasola regresó a la superficie y encontró un insospechado alivio en el caos de la Zona Rosa, entre la multitud apretujada en las calles, los cláxones frenéticos de los coches y el olor a fritanga de los puestos de comida.

El reconfortante y familiar mundo de los vivos.

Leandro Ceballos tenía una memoria muy vívida. Recuerdos antiguos podían cobrar forma en su mente como si acabaran de ocurrir. La mayoría de estas evocaciones eran desagradables; piezas de su pasado que conformaban un personal Salón de la Infamia: burlas, humillaciones, rechazos. Episodios transcurridos en la escuela, en un salón mal iluminado o en un baño de paredes agrietadas y con el techo cuajado de arañas.

Todos ellos se relacionaban con mujeres.

Cuando los recuerdos lo asaltaban, Leandro revivía el miedo, la vergüenza, la frustración. Luego venía la rabia. Golpeaba lo que tuviera a la mano, se rasgaba la ropa e incluso se arañaba el rostro. Los clientes de la librería que le preguntaban qué le había pasado recibían siempre la misma respuesta: los gatos. A veces, el blanco de estas catarsis eran los libros; Leandro tomaba un ejemplar y lo destripaba sin importar cuán valioso era. Los visitantes veían hojas regadas por el suelo y obtenían la misma explicación: los gatos. Pero en la librería Inframundo había una sola mascota, un gato pequeño y mal alimentado, incapaz de provocar aquel caos; los clientes miraban a su alrededor con recelo, contemplaban las tapas rotas, las costuras expuestas. Algunos preferían no volver.

Había un episodio en particular que Leandro recordaba obsesivamente. Tuvo lugar en la preparatoria. Ingenuo, le comunicó a algunos de sus compañeros que Isabel, la chica más guapa del salón, le gustaba. Se dio cuenta de su error un día al volver del recreo; sobre el pizarrón estaba escrito un letrero: "Isabel y Leandro". Lo borró de inmediato, mientras escuchaba las risas en el salón abarrotado de alumnos. Eso fue lo de menos. El escarnio mayor vino semanas después. Se encontraba en el baño cagando cuando la puerta del cubículo se abrió de una patada. Frente a él, vio el horror más grande que hubiera podido imaginar: un grupo de cinco chicas, y en medio, con los ojos vendados, Isabel. Ella intentaba zafarse, entre risas, sin sospechar lo que vería si le destapaban los ojos. Leandro, paralizado, no atinó a cerrar la puerta ni a subirse los pantalones. "¿Puedes olerlo?", decían las chicas. "¿Puedes oler al *Estropajo*?" La venda no fue retirada de los ojos de Isabel, pero eso bastó para que Leandro no volviera a acercársele e incluso para que pidiera su cambio de salón. La humillación no se había consumado; sin embargo, vivía atormentado por el incidente y, sobre todo, por una duda: ¿qué hubiera pasado si le hubieran quitado la venda a Isabel? ¿Cuál hubiera sido la expresión de su rostro? Durante meses, en la escuela circularon dibujos que lo representaban sobre pilas de excremento cada vez más desmesuradas. *Estropajo cagón*. Al final, Leandro abandonó la escuela y le pidió a su abuelo trabajo en la librería. Nunca volvió a estudiar.

Los arañazos en su cara y los libros destrozados no calmaban su rabia. Ansiaba el día de la Gran Revancha. Por fortuna, esta llegaría pronto. Cuánta razón tenía su abuelo, al que tachó de loco durante años. Leandro había elegido a la víctima; sabía sus rutinas e incuso dónde la secuestraría. Si aún no ejecutaba el plan era porque estaba incompleto. Faltaba la pieza más importante y al fin la había encontrado. Lloró de felicidad, y luego le gritó, eufórico, a su desconcertada mascota: había encontrado el escondite perfecto.

8

Los jodería a todos.

Max Siniestra miró su reloj: la camioneta que transportaba la biblioteca de Federico Arizpe pasaría dentro
de cinco minutos. Lo sabía porque había sobornado a un
empleado de la empresa de paquetería para que le diera el
itinerario. Ahora ya no tenía duda: el robo de su libro era
producto de un complot de México Viejo. Y no se deten-
dría hasta encontrarlo. Días atrás, Arizpe le informó a
Max que subastaría su biblioteca: se encontraba muy
afectado por la muerte de Roldán Bruno y el incendio
que arrasó con el local de Basilio Núñez.

Mientras sostenía una taza de café con mano temblo-
rosa, el viejo Arizpe le dijo:

—Es la maldición de los libros.

Del libro, querrás decir, pensó Max.

Vio las luces aproximarse por el espejo retrovisor. Se
puso los lentes oscuros; nada de pasamontañas ni gorras:
él tenía clase. Bajó de su coche con la pistola en la mano.
Eligió aquella esquina porque estaba mal iluminada, ais-

lada por un grupo de árboles. Se paró en medio de la calle, apuntado. Cuando la camioneta se detuvo se pasó a la ventana del conductor; después le ordenó que bajara y trasladara las cajas a su coche.

El chofer se encogió de hombros, resignado.

–Sólo son libros…

Max no creía que el Santo Grial estuviera en ese lote. Pero arruinaría a los miembros restantes de México Viejo hasta que no aguantaran más, hasta que comprendieran el error que habían cometido y le devolvieran lo que le pertenecía.

Mientras conducía rumbo al basurero de Cuautla, donde pensaba arrojar las cajas, Max Siniestra recordó cómo había conseguido el Santo Grial. Años de cacería, de rastrear catálogos y bibliotecas, de consultar referencias, frecuentar librerías de segunda mano, tiendas de antigüedades, bazares y subastas; años de seguir cualquier pista, incluidas las más estrafalarias, que lo llevaron a hurgar en sótanos de universidades, casas y bodegas abandonadas.

Un día, como si tuviera voluntad propia, el libro llegó hasta él.

Fue en la avenida Juárez. Un sujeto sentado en una banca le hizo una seña. Parecía indigente. Max se disponía a ignorarlo, pero el hombre alzó una mano enorme en la que sostenía varios libros viejos. Su penetrante mirada amarilla parecía decir: *esto te interesa.* Max se aproximó y revisó los ejemplares. Sus ojos no dieron crédito cuando vieron lo que el Mulato ofrecía. Sin embargo, mantuvo el rostro imperturbable; años de transacciones le enseñaron a no revelar nada, a manejar sus emociones para conseguir el mejor precio.

—¿Cuánto por este?

Max Siniestra quedó aún más atónito cuando el Mulato respondió:

—No tiene precio.

—¿Qué quieres decir? ¿No lo vendes?

El Mulato sonrió. Sus dientes también eran amarillos y brillaban como monedas.

—¿Le interesa?

—Sí.

—Se lo regalo.

Max era un coleccionista experimentado. Sabía que todo tenía un precio.

—¿A cambio de qué?

El Mulato volvió a sonreír. Max comprendió por qué sus dientes centelleaban: eran de oro. Aquel hombre no era un mendigo.

—Lo sabrá a su tiempo.

El hombre se levantó y se alejó con paso discreto por la avenida Juárez. Max lo observó unos instantes. Después se distrajo porque escuchó unas voces; no provenían de la calle, sino del libro que acababa de obtener. El Santo Grial, descubriría pronto Max, era en realidad una hermosa caja de Pandora.

El momento de la última cita había llegado. Dafne no puso mucho empeño en arreglarse, porque el cliente no lo ameritaba. Se miró en el espejo, complacida: se gustaba más a sí misma sin tanto maquillaje. Estaba contenta. Sólo un hombre más y sería libre para empezar una nueva vida. Le motivaba intentar una relación exclusiva con Casasola. Era un tipo raro, lleno de manías, y eso le gustaba. Por un lado, antisocial, ideático, paranoico. Por otro, cariñoso, educado, honesto. Dafne sentía que era mejor persona desde que estaba con él. No sólo porque le transmitió el gusto por la lectura, sino porque la hacía sentirse segura, centrada. Era alguien que le daba su lugar. *Casasola*: no sabía su nombre de pila, nunca se lo había preguntado, y le parecía justo que así fuera. Después de todo, ella no se llamaba Dafne.

En el taxi, de camino a la calle de Donceles, le mandó un mensaje al celular: *la cita es con el tipo que me vende libros, guácala!*

Intentó no pensar en eso. Había estado con sujetos desagradables, pero nunca con uno así. Le pareció que el destino le jugaba una broma siniestra: el último tenía que ser el más feo. Una cuota alta de salida.

Cuando llegó a la librería Inframundo la cortina estaba cerrada. Tocó con los nudillos y esperó. El logotipo dibujado en el metal representaba a dos demonios que sostenían libros. Muy adecuado, pensó. Voy con un pobre diablo. Juraría que es virgen...

La puerta situada en medio de la cortina se abrió y Leandro asomó el rostro. Parecía asustado. Su frente brillaba, sudorosa.

¿Diablo? ¡No! Batracio...

Dafne entró; la puerta se cerró a su espalda, con un rechinido de castillo medieval. Conocía muy bien la librería, aunque nunca la había visitado de noche. Lucía deprimente, húmeda, poco acogedora.

—Lindo lugar para una cita —ironizó.

Leandro se adelantó y se puso a acomodar una pila de libros. Algunos cayeron al suelo; sus manos temblaban, nerviosas, acentuando su habitual torpeza.

—A los dos nos gustan los libros —respondió con una voz aguda, casi femenina—. Es el mejor sitio para estar juntos.

Leandro le daba la espalada todo el tiempo.

Con un poco de suerte, ni siquiera se anima a desnudarme...

Dafne se acercó y le acarició la nuca. Hizo un gran esfuerzo por no retirar su mano; la piel del tipo estaba grasosa, tenía protuberancias.

—Eres un romántico. ¿Tienes algo de beber?

Leandro movió otra pila de libros. Encontró lo que buscaba; se dio la media vuelta, movido por una descarga de adrenalina y colocó el trapo con cloroformo sobre el rostro de Dafne.

—Aquí no.

Dafne quiso gritar pero la tela se le metió en la boca, ahogándola. Cayó al suelo, desmayada.

Leandro la sujetó de un pie y la arrastró hacia el interior del local, entre los pasillos penumbrosos, atestados de libros. Mientras lo hacía, con la mano libre comenzó a sobarse la verga, excitado.

Cuando la mujer despertara, estarían en otra ciudad. En un lugar donde jamás podrían encontrarlos.

SEGUNDA PARTE
Muertos Vivos

9

Ciudad de México, 20 de septiembre de 1985

El olor a muerte lo guió hacia su objetivo. No se trataba del efluvio de los cuerpos descomponiéndose bajo los escombros; era otro, más antiguo, una mezcla de lodo y sangre, de intestinos vaciados y miedo: el hedor de la guerra, del ejército que huye mutilado en medio de una noche abismal. Un olor que él podía reconocer incluso por encima de la pestilencia que el terremoto había dejado, como un manto podrido, sobre la ciudad.

Llegó a la esquina de Havre y Reforma. Se abrió paso entre los fierros y los trozos de hormigón. Si alguien supiera sus intenciones, se indignaría: a diferencia de los rescatistas y los perros adiestrados que localizaban sobrevivientes en las ruinas cercanas, él perseguía otra cosa. Hundió la mano en los escombros, extrajo la presa y de inmediato la guardó en la bolsa interior de su gabardina. No necesitaba verla; sabía que la había encontrado: al tocarla sintió el dolor y la desgracia que cargaba dentro.

Cuando abandonaba el edificio derruido un policía se le acercó. El oficial lo miró con una mueca de desprecio y dijo:

—Lárgate. Aquí no hay nada qué robar.

El Mulato lo ignoró. Dio la media vuelta y se alejó, con paso despreocupado, entre las ruinas humeantes. No llevaba prisa. Sería un agradable paseo por la ciudad.

* * *

Aquel no era el lugar que recordaba. Las animales habían desaparecido del jardín del Hospital Psiquiátrico. Los arbustos que antes lucían recortados con formas de conejos o venados ahora crecían de manera descuidada. Los pocos rosales que sobrevivían se veían pálidos, sedientos; las piedras que marcaban los senderos estaban fuera de lugar, formando extrañas figuras sobre el pasto: monolitos, túmulos, rostros deformes. Casasola sabía que los encargados de mantener el sitio en buen estado eran los propios internos, que el aspecto del jardín era reflejo de su mente, y que su estado desastroso no podía significar nada bueno. Mientras caminaba con su viejo amigo notó todo eso, pero prefirió no decir nada. El veterano fotógrafo también parecía descuidado; se había dejado crecer una barba canosa, lo que le daba una apariencia desconcertante a su eterna cara de niño, como si se tratara de un infante disfrazado.

Todo eso, sin embargo, no le preocupaba a Casasola. Estaba ahí por otro motivo más urgente.

Se sentaron en una banca a conversar. Casasola habló de Dafne: llevaba una semana desaparecida. Había reportado el caso a las autoridades, pero estas se movían lento, y una *prostituta* –así la habían llamado– no era prioridad.

Tras escucharlo con interés, el Griego se pasó una mano por la barba y dijo:

–Olvídate de la policía. Yo te ayudaré a encontrarla.

Casasola siempre había confiado en su amigo. Le había ayudado en el caso de la Asesina de los Moteles e incluso en el del Asesino Ritual, cuando ya se encontraba tras las paredes del manicomio.

–No sé qué hacer. Estoy enloqueciendo.

–Tranquilo. No abaratemos esa palabra y menos en un lugar como este. Yo diría desesperado, que es diferente.

–Era su última cita, ¿puedes creerlo? Puto destino…

–El destino es una mierda, pero la gente lo es más. En esta ciudad no hay casualidades. Déjame revisar mi archivo de noticias, a ver qué encuentro.

A pesar de su angustia, Casasola sonrió. Al hacerlo le dolieron los músculos de la cara, como si los tuviera entumidos.

–Qué suerte que conservas tus expedientes de nota roja. Te has convertido en una especie de vigilante en la conciencia de la urbe. Las autoridades deberían sacarte de aquí y abrir una oficina especial para ti.

–Acuérdate de que las personas que saben demasiado no le gustan a nadie, son incómodas. Igual hasta me desaparecerían. Mejor me quedo aquí.

Permanecieron en silencio unos minutos. Casasola pensó qué los unía, y reconoció que se parecían demasiado: ambos experiodistas, ambos paranoicos, obsesivos, miedosos.

—Hay algo que no te he dicho —comentó—. La noche que desapareció, Dafne me mandó un mensaje...

—¿Y apenas me lo dices? Jamás podrás ser buen detective; pareces novelista de misterio. Desembucha.

—La cita era con un librero de la calle de Donceles. ¿Crees que un *nerd* de los libros le haya podido hacer algo?

—Esos son los más peligrosos: demasiado tiempo libre, demasiadas ideas en la cabeza.

—Hay decenas de librerías en esa calle, sería como buscar una aguja en un pajar.

—Por algo se empieza.

—Gracias —dijo Casasola con sinceridad—. No sé qué haría sin tu ayuda.

El Griego se levantó, ansioso por iniciar la pesquisa. Estrechó la mano de su amigo, sin ocultar la emoción que lo invadía.

—Yo soy el que está agradecido.

—¿Por qué?

Al veterano fotógrafo le brillaban los ojos.

—Siempre me despiertas del coma.

Los oídos de Max Siniestra tenían sed. Sed de las voces que le habían quitado; de las voces que le habían dicho, como un coro de cuervos graznando en el interior de una iglesia abandonada: *serás el más famoso de los libreros*. Sabía que los miembros de México Viejo lo envidiaban: a diferencia de ellos, él aún tenía futuro. La obtención del Santo Grial era su consagración; ellos lo sabían, y no podían permitirlo. Así que se lo habían robado.

Los deseos de venganza lo carcomían, pero debía contenerse. No podía matar a todos los miembros de México Viejo sin despertar sospechas. Ya había ido demasiado lejos provocando la muerte de Roldán Bruno, quemando la librería de Basilio Núñez y robando la biblioteca de Federico Arizpe. Necesitaba mandarles otra advertencia. Había tres integrantes más: Santos Balmori y los hermanos Escamilla. Balmori era vulnerable: estaba ciego, conectado a un tanque de oxígeno. Roque y Ricardo vivían rodeados de jóvenes becarios, a quienes utilizaban para catalogar sus libros y documentos. Él mismo había iniciado su camino hacia el selecto grupo de México Viejo como becario de los Escamilla. Entonces tenían sesenta años, por lo que ahora debían sobrepasar los noventa. Los ancianos se habían encogido considerablemente; uno de ellos padecía flemas que lo obligaban a escupir de manera constante sobre un pañuelo, y el otro sufría una eterna infección en el ojo izquierdo que le había ganado el mote del *Colirio*; fuera de eso, la salud de ambos era de hierro. La muerte no parecía interesada en llevarse a esos vejestorios tan antipáticos como soberbios. Seguido los entrevistaban porque su acervo participaba en exposiciones y catálogos; la prensa cultural los amaba, estaba a sus pies. Con ellos era mejor no meterse. En el funeral de Roldán Bruno los había visto muy tranquilos y quitados de la pena, dirigiendo miradas de advertencia a un lado y a otro; miradas que parecían decir: *somos los más viejos pero los enterraremos a todos.*

Max Siniestra optó por hacerle una visita a Santos Balmori. Tenía las llaves de su casa porque durante un tiempo se ofreció a ser su lazarillo: le leía en voz alta los libros que las cataratas le impedían leer por sí mismo. Una labor que Max detestaba, pero que sabía que algún día le serviría de algo.

Subió las escaleras anunciándose en voz alta como siempre hacía; la enfermera en turno abandonó la habitación y aprovechó su llegada para salir a la calle en busca de comida. Balmori estaba acostado en su cama, dormitando; la pálida luz que entraba por la ventana le daba a su piel el aspecto de un pergamino. Max pensó en la ironía: el viejo había terminado por parecerse a los libros que tanto amaba.

Tomó una silla. Se colocó a un lado de la cama, junto al tanque de oxígeno, y extendió la mano para cerrar la válvula. El anciano despertó de forma abrupta; sus ojos acuosos se abrieron grandes mientras se asfixiaba.

–Dime dónde está el libro y te dejaré respirar –sentenció Max, inclinándose sobre él para asegurarse de que lo oyera.

Balmori boqueaba; de uno de sus ojos brotó una pequeña lágrima, pero se quedó allí, atorada en el lagrimal, sin fuerza ni peso suficiente para escurrir sobre la mejilla.

Está seco por dentro, pensó Max.

Cuando el rostro del viejo se puso morado, volvió a abrir la válvula. Esperó a que Balmori recuperara el aliento y luego habló:

—Tú sabes dónde está. Los miembros de México Viejo no hacen nada sin consultarse.

La boca de Balmori se movió trabajosamente, como si masticara un chicloso.

—No sé… de qué… hablas…

Max giró nuevamente la válvula, cortando el aire.

—Dímelo y te dejaré vivir. Hasta un anciano decrépito como tú quiere tiempo extra.

Los ojos de Balmori se pusieron en blanco. No aguantaría mucho. Max abrió la válvula.

—Última oportunidad: ¿dónde está el libro que me robaron?

Balmori clavo sus ojos ciegos en los de Max. En su rostro no había rabia ni miedo. Había compasión.

—¿En qué… te has… convertido?

Max Siniestra se puso de pie. Comenzó a caminar por el cuarto, agitando las manos.

—En lo que ustedes temían: ¡soy el mejor! ¡El relevo! ¡El Nuevo Orden!

—Estás… loco. Puedes asesinarme… si tú vas a dirigir México Viejo… prefiero morir.

—No quiero dirigir la sociedad: la estoy destruyendo.

Max avanzó hacia la puerta de la habitación.

—Adviértele a los demás: no pararé hasta recuperar el libro.

En las escaleras se cruzó con la enfermera. Traía una torta y una revista de espectáculos. La casa estaba llena de libros y ella los depreciaba. Mejor así, pensó Max. Sólo leyendo se podían escuchar las voces.

10

Casasola se sentía perdido. No tenía ganas de estar en el Museo Nacional de Arte, haciendo aquel periódico que le aburría, y mucho menos en la penumbra del Phone Bar bebiendo cerveza. La perspectiva de ambas cosas lo deprimía. Durante sus largas jornadas de ocio, propiciadas por el poco trabajo en la oficina, Dafne se había convertido en un asidero, el eje en torno al cual organizaba su rutina. Ahora que había desaparecido, Casasola no sabía qué hacer con su tiempo libre. Caminó por la Alameda, que lucía flamante tras su remodelación. El piso nuevo, los jardines bien cuidados, las fuentes restauradas, con chorros sincronizados que arrojaban agua en danzas rítmicas. Nada quedaba de su anterior aspecto sucio, tenebroso. Casasola lo lamentó. No deseaba que el Centro permaneciera ruinoso, pero las recientes intervenciones estaban provocando que perdiera su atractivo, su aura decadente, misteriosa. ¿Quieren una ciudad bonita? Ahí tienen la Condesa y Polanco, a nosotros déjenos en paz, pensó, notando de inmediato que afloraba su amargura. Nadie quedaba conforme nunca. Él mismo llegó a criticar el estado deplorable de la Alameda, y ahora que era algo parecido al aparador luminoso de una enorme tienda, le gustaba menos.

¿Dónde se habría refugiado la fauna de travestis, borrachos y desposeídos que antes se reunía en torno a la fuente de Neptuno a bailar los fines de semana en un espectáculo único que conciliaba al inframundo de la ciudad con su superficie? No lo sabía. Una urbe necesitaba tanto de sus ciudadanos "normales" como de sus fenómenos; era una simbiosis que mantenía un delicado equilibrio. En el Centro eso se estaba borrando, con insospechadas consecuencias.

Tomó un taxi en la avenida Hidalgo y le pidió al chofer que lo llevara a la Zona Rosa. Necesitaba aclarar sus pensamientos, recibir consejo. Y los mejores consejos —estaba convencido de ello— los daban las mujeres.

El taxi se detuvo frente al tarot de Daniela. Bajó las escaleras y cruzó la cortina de cuentas.

—Te estaba esperando —dijo la médium.

La encontró sentada ante una mesa circular, con un mazo de cartas en las manos. La penumbra olorosa a incienso le pareció aún más sofocante que la vez anterior. Casasola se sentó frente a ella.

—Mueran los clichés —dijo, sonriendo.

—Esta vez lo digo en serio: sabía que volverías.

—¿Tan predecible soy?

—Necesitas ayuda. Hiciste bien en regresar.

Casasola decidió confiar en ella.

—Mi novia desapareció. Tal vez tú puedas decirme dónde está.

—¿Tu novia?

—Sí, ¿por qué la duda?

—No parece que tengas novia.

Daniela le entregó las cartas para que las barajara, escogiera doce y las colocara bocabajo. Después las fue volteando una a una, mientras realizaba la lectura.

—Ahora entiendo: no es tu novia, pero tú quieres que lo sea.

Casasola se sintió tocado en el orgullo.

—Los es: salimos, nos acostamos. Hay una relación.

—El cuerpo se entrega más fácil que las entrañas. No es tuya… No todavía.

La incomodidad de Casasola se incrementó. Había algo en ese lugar, y en esa mujer, que lo inquietaba.

—¿Dónde está? —preguntó, ansioso— ¿Puedes ver algo?

Daniela levantó otra carta y permaneció pensativa.

—No está aquí.

—¿En la ciudad?

—Es confuso… Es esta ciudad, y a la vez, otra…

Casasola se molestó. Se encontraba frente a la típica charlatana, que decía frases ambiguas y enigmáticas para impresionar al cliente. Comenzaba a pensar que debía marcharse cuando la médium le ofreció nuevamente la baraja, y repitieron el proceso.

—Hay alguien que quiere verte —dijo Daniela—. Te ha estado llamando.

—Sí, pero no le he dado importancia. Es un bromista.

—Alguien que ha hecho un viaje muy largo.

Casasola se sorprendió. Tal vez la mujer sí era una auténtica quiromántica.

—Eso me dijo. También que reservara una habitación.

Daniela recogió la baraja y la guardó.

—Ya llegó. Te está esperando.

En el vestíbulo del Hotel Geneve había algunos turistas. Casasola se paseó por la alfombra, fingiendo que miraba las pinturas colgadas en las paredes, hasta que comprendió que su actitud era ridícula. ¿A quién buscaba? No tenía idea. Decidió sentarse en un sillón desde el que podía ver el interior del Phone Bar. Dentro había una sola pareja que bebía martinis sin dirigirse la palabra. Parecían de utilería, como si la gerencia los hubiera colocado ahí para que los visitantes tuvieran el cuadro completo. Se dio cuenta de que él mismo había estado numerosas veces sentado a una mesa con el bar desierto, dando la impresión de ser parte del decorado. Cuando encontrara a Dafne le propondría que se citaran en otro lugar más concurrido.

Miró su reloj: llevaba más de una hora esperando. Su cita misteriosa no se dignaba a aparecer. O quizá ya estuviera dentro. Pensó en preguntar en la recepción, pero no sabía por quién. Tenía que moverse, hacer algo. Se levantó y se dirigió a la entrada que se abría en el costado derecho. Si el vestíbulo era una máquina del tiempo, el lugar al que accedió era la rampa de aterrizaje. Allí no quedaba duda de que se había cruzado una frontera: se trataba de un pasillo largo y estrecho −con paredes forradas en su parte baja por paneles de madera−, apenas iluminado por unas lámparas pequeñas de pantalla cuadrangular. Tanto las puertas de las habitaciones como las escaleras que conducían hacia los pisos superiores estaban hechas de caoba. En su camino hacia el fondo se cruzó con un elevador de rejillas, y con una estancia para tomar el té. El Museo de Sitio del hotel continuaba allí: cuadros con fotografías y motivos de la época. Al doblar la esquina, lo sorprendió el resplandor de una marquesina de neón: CINEMA GENEVE. BIENVENIDOS. Un decorado de otros tiempos. Cuando sus ojos se acostumbraron a la intensa luz descubrió una silueta recortada contra las letras rojas y moradas del anuncio. Encorvada, llevaba un sombrero de copa alta. Una chistera. No podía distinguirle el rostro, y por lo tanto no se atrevió a acercarse. Se quedó callado, contemplándola con algo cercano a la reverencia.

−¿Por qué tardó tanto? −la sombra rompió el silencio.

Casasola reconoció la voz de las llamadas telefónicas. Ahora que la escuchaba sin el ruido de fondo del fonógrafo reflexionó que era una voz joven, perteneciente a alguien que probablemente tenía su misma edad.

−¿Quién es usted?

−Creo que ya lo sabe. Antes me veía en sus sueños y ahora tenemos la oportunidad de conocernos.

Casasola tragó saliva. Quería irse de ahí, pero su cuerpo no obedecía a su mente.

−Le voy a dar una pista −dijo la sombra−. Tenemos el mismo apellido.

—¿E-Eugenio?

—¡Bingo! ¿Utilizan esa expresión todavía?

Casasola quería retroceder, pero sus pies dieron un paso al frente.

—No se acerque —advirtió la sombra—. No es recomendable.

—Basta de bromas.

—Soy su abuelo. Usted lo sabe en el fondo de su corazón. Ya le había advertido que vendría.

—Imposible.

—¡Pero si usted habla con los muertos! Algo que es culpa mía, por cierto, pero eso ya lo sabe: leyó mis memorias.

Los pies de Casasola continuaron su rebelión y avanzaron un paso más. La silueta se inquietó y estiró una mano en la penumbra.

—Alto. Mi aspecto no es presentable aún. No quiero que me conozca así.

—¿Aún?

—Hice un viajo largo… Es como un *jet lag*, pero de la carne. Sus amigos me explicaron el término.

—¿Verduzco y Quintana? ¿Vinieron con usted?

—Ellos se adelantaron. Hay muchos más como nosotros.

—¿Dónde están?

—Ya hablaremos con calma. Pida una habitación, no puedo dejar que nadie me vea así.

—Pero…

—Hágalo ahora, por favor.

La sombra levantó la cabeza, lo suficiente para que la luz la iluminara.

Casasola ahogó un grito. Bajo el sombrero no había un rostro. Vio unos ojos en medio de un amasijo de músculos y venas. La cara de su abuelo no tenía piel.

Estaba desnuda, con las manos amarradas a los barrotes de la cama. Su captor le dejó las piernas libres para podérselas abrir cuando le diera la gana. Aún no la había penetrado; se pasaba largos minutos estudiado su coño, tocándolo y olisqueándolo como un perro. El día anterior se lo había lamido; Dafne tuvo que quedarse quieta, experimentando aquella repugnante intimidad: conocía las consecuencias de intentar defenderse. La primera vez que le metió uno de sus dedos de uñas largas y mugrientas le dio un rodillazo en la cabeza. Su captor respondió quemándole los pechos con cera caliente de una vela. No había luz eléctrica en aquel lugar. La habitación era de techos altos, húmedos; a través de las contraventanas perpetuamente cerradas llegaba el ruido de cascos de caballo y carretas, por lo que dedujo que debía encontrarse en algún pueblo.

Su captor nunca le dirigía la palabra; se limitaba a hundir la nariz y la lengua en su sexo mientras lanzaba patéticos chillidos de excitación. El pantalón exhibía una perenne mancha de semen a la altura de la ingle, señal de que se venía nada más tocarla. Dafne pensó que por eso no se atrevía a penetrarla. Sabía que tarde o temprano tendría el valor suficiente para hacerlo, y la espera de ese momento volvía más angustiante el encierro.

Su captor vestía de manera extraña, como si estuviera disfrazado para una obra de teatro. Al principio no le dio importancia. Su trabajo como *escort* le había enseñado que algunos hombres necesitaban puestas en escena extravagantes para poder excitarse. Sin embargo, había algo en su situación que no lograba entender, algo que no encajaba, y que le hacía creer que lo que estaba viviendo iba más allá del hecho de estar en manos de un pervertido.

Sus muñecas sangraban, laceradas por las cuerdas. En la mesa contigua estaba el potaje asqueroso con que su captor intentaba alimentarla. Ya se lo había escupido antes, recibiendo a cambio el castigo de la cera. Repasó todo lo que recordaba desde que recobró la conciencia, en busca de algo que pudiera ayudarla a escapar. Su captor era un sujeto peligroso, pero a la vez vulnerable, casi un niño. No tenía experiencia con el sexo y allí era donde lo podía doblegar. Primero debía ganarse su confianza, ayudarle a que se animara a poseerla… la sola idea casi la hizo vomitar. Pero si quería salir del oscuro agujero en el que se encontraba tenía que cavar aún más profundo.

El tipo entró al cuarto. Se colocó a los pies de la cama, se bajó los pantalones y comenzó a masturbarse. Su verga era gorda, prieta, de venas saltadas.

Dafne separó las piernas.

—Ven aquí —dijo—. Estoy lista para recibirte…

Mientras su captor se acercaba lanzando crecientes

bufidos, Dafne contuvo la respiración y confió en que la penumbra ocultara sus lágrimas.

Las cortinas de la habitación permanecían cerradas. La única luz provenía de una pequeña lámpara colocada sobre la mesilla de noche. Eugenio estaba sentado en un sillón, protegido por las sombras, y con el rostro oculto tras el sombrero. Casasola se encontraba de pie, cerca de la puerta del baño, manteniendo una distancia prudente con su abuelo. Llevaban largo rato en silencio, como dos extraños que no tienen nada que decirse. Los motivos de cada uno para permanecer callado eran distintos. A Eugenio aún le costaba trabajo hablar; su cuerdas vocales, al igual que el resto de su órganos y músculos, estaban recién formados. Todo le exigía un gran esfuerzo.

La cabeza de Casasola era un hervidero de dudas y preguntas, pero temía formularlas. Temía, sobre todo, las respuestas.

—Siéntese —Eugenio habló primero—. Me pone nervioso verlo ahí parado.

Casasola obedeció y jaló la silla del escritorio.

—Imagínese cómo estoy yo.

Eugenio tosió y se aclaró la garganta ruidosamente.

—Le pido disculpas —dijo—, pero no tenía alternativa. Es el único pariente vivo en el que puedo confiar. El único que puede entenderme.

—Usted ni me conoce.

—Somos muy parecidos. Usted lo sabe…

—¿Porque leí sus memorias? Eso puede ser un relato de ficción: usted, encerrado en el manicomio, enfermo de soledad, con demasiado tiempo libre para imaginar cosas.

—Qué absurdo. Usted conversa con los muertos y quiere hacerse pasar por escéptico.

—Tal vez estoy loco y todo esto no es más que una alucinación. La locura se hereda, ¿lo sabía?

Eugenio suspiró.

—La bendita locura, que nos puede salvar de la horrorosa realidad, de nuestras responsabilidades y deberes. Pero yo no estaba loco: me sacrifiqué por una causa. Usted también es capaz de hacer algo así, y he venido a pedírselo.

—Se equivoca.

—Déjese de necedades. Para empezar, deberíamos hablarnos de tú: eres mi nieto. Además, cuando mi *proceso* termine, podrás ver mi rostro. Tengo tu misma edad, sabes que morí joven.

Casasola se puso de pie y se acercó a su abuelo.

—Empecemos mejor por ahí. ¿Qué es lo que está pasando? ¿Cómo hiciste para…?

—¿Materializarme?

—Sí, carajo.

Eugenio tosió como si fuera a expulsar su laringe. Sacó un pañuelo de la bolsa interior de su levita y se limpió la boca.

—No puedo decirte gran cosa aún. Lo que debes saber es que el Consejo de Periodistas de Nota Roja Muertos ha vuelto, no como fantasmas, sino como personas vivas. Y que alguien de Este Lado nos está ayudando.

Casasola se dio una palmada en la frente.

—Es injusto: si muertos eran crípticos, ahora vivos lo son más.

—La misión es delicada y la información tiene que dosificarse, por seguridad.

—¡Quiero respuestas!

—Calma. Las tendrás a su tiempo.

Casasola volvió a sentarse.

—Dijiste que hay más como ustedes, ¿nos invaden?

—Sí. Llegaron antes y, créemelo, no te gustaría encontrártelos. Vinimos para detenerlos.

—¿Cómo se llaman? ¿Muertos Vivos? ¿Qué quieren?

Eugenio se puso de pie. Sus manos estaban enguantadas; se acercó a Casasola y se las colocó sobre los hombros.

—Eso es lo grave. Tienes que ayudarnos.

Casasola contempló el rostro de su abuelo. A pesar de la penumbra pudo distinguir sus rasgos. La piel comenzaba a formarse sobre los músculos, pero aún faltaba mucho por *rellenar*. Parecía un desollado.

Eugenio lo miró con la intensidad de sus globos oculares descarnados.

—Te quieren a ti, a tu novia, a todos. Los Muertos Vivos desean apoderarse de tu mundo.

11

Los hermanos Escamilla escucharon el relato de Santos Balmori con paciencia, sin interrumpirlo. No le hicieron preguntas ni pusieron en duda su testimonio.

Tampoco lo consolaron.

Cuando terminó, agitado y nervioso, le pidieron a la enfermera que se lo llevara. Balmori había realizado un gran esfuerzo para visitarlos, era justo que descansara. Miraron cómo se alejaba, encorvado en su silla de ruedas; después cerraron la puerta del estudio. Roque escupió una flema amarillenta en su pañuelo saturado de mucosidades y tomó nota mental de que debía cambiarlo a la brevedad. Ricardo se talló el ojo infectado, luego sirvió dos copas de coñac. Se sentó al lado de su hermano; ambos bebieron en silencio, sopesando la información.

—Max se ha desbocado —dijo Ricardo—. Sus acciones nos beneficiaron al principio. Ahora tenemos que detenerlo.

Los hermanos Escamilla siempre hablaban en plural. Eran un solo cerebro repartido en dos cabezas.

Roque dio un lento sorbo al coñac, disfrutando la caricia que el licor daba a su garganta lacerada. Cerró los ojos, reconfortado, y dijo:

—La desaparición de las bibliotecas de Basilio y Federico nos dejó como el mejor acervo de la ciudad. Pero no podemos permitir que destruya por completo a México Viejo.

—Lo de Roldán jamás se lo perdonaremos.

—No exageremos: todos hemos de morir tarde o temprano. Unos se adelantan, así es la vida. Lo que debe preocuparnos es que sus ataques se pueden volver contra nosotros.

—No se atreverá, ¿o sí?

—Quién sabe. Debemos actuar primero.

—Necesitamos pruebas de sus delitos.

—Tenemos algo mejor.

—¿Qué?

Roque sonrió. No lo hacía a menudo.

—Tenemos la carne.

—¿Carne de becaria?

—Micaela es menor de edad: diecisiete años, ocho meses.

—¿Querrá?

—Es cuestión de juntarlos en el lugar indicado, en el momento indicado.

—Max no se resistirá; ella tampoco. Será el fin de nuestro amigo.

Los hermanos Escamilla chocaron sus copas y bebieron el resto del licor. Ricardo sintió comezón en el ojo.

Se levantó y fue a buscar las gotas de manzanilla. Roque sacó su pañuelo: no cabía ni un escupitajo más. Lo arrojó al bote de basura y se tragó las flemas.

Casasola se registró en la recepción del Hospital Psiquiátrico y se encaminó a la celda del Griego. Una hora antes su amigo le había llamado, pidiéndole que lo visitara con urgencia. El hecho de que se vieran en su celda y no en los jardines significaba que el veterano fotógrafo había encontrado información valiosa que prefería tratar en privado. Aunque el resto de los internos no representaban ningún peligro por encontrarse perdidos en las profundidades de su mente, al Griego le gustaba comportarse como si manejara información clasificada. Y de algún modo lo era: gracias a su obsesión por monitorear y ordenar la nota roja en un archivo –manía que cultivaba mucho tiempo antes de ingresar al manicomio– lograba hacer conexiones que a la mayoría pasaban inadvertidas.

El fotógrafo abrió la puerta, con un movimiento de cabeza le indicó que pasara y antes de cerrar miró a ambos lados del pasillo, cerciorándose de que nadie anduviera husmeando por ahí.

Casasola notó cambios en el espacio: parecía más amplio e iluminado a pesar de las numerosas hileras de periódicos y revistas que se recargaban contra las paredes. Incluso el refrigerador, que el Griego tenía como una concesión de las autoridades del manicomio, se veía de mayor tamaño.

Ambos se sentaron en la cama. Casasola hizo un gesto con la mano que abarcaba el cuarto.

—¿Son mis nervios o hiciste algún truco para agrandarlo?

—Nada de trucos —respondió el Griego—. Se murió el vecino de al lado y me autorizaron una pequeña ampliación. Ya no cabía mi archivo.

Casasola pensó en Saviñón, el excéntrico director del psiquiátrico: siempre le había dado la impresión de estar más loco que los internos, y las palabras del Griego se lo confirmaban. Aquello, sin embargo, no era una simple extravagancia: el director se sentía culpable por tener encerrado a un hombre cuerdo, y buscaba compensarlo otorgándole desproporcionados privilegios.

—Me da gusto que te traten bien, pero cuidado: no te vayan a acusar de tráfico de influencias.

El Griego ignoró la broma, ansioso por mostrar sus hallazgos. Tomó una serie de recortes de periódico que tenía sobre la mesilla de noche y los desplegó en la cama.

—Encontré algo que puede servirte.

Casasola miró los recortes. Eran tres noticias sobre hechos ocurridos recientemente:

¡CENA FATAL!
Coleccionista se ahoga con hueso de codorniz tras despedir a sus invitados
ARDE LIBRERÍA
Incendio acaba con un local de libros antiguos en la colonia Roma

LADRÓN CULTO
Individuo asalta camioneta que trasportaba costosa biblioteca a una subasta

Los tomó en sus manos y los leyó de manera superficial.

—¿Qué tiene que ver todo esto con Dafne? —preguntó.

El Griego lo fulminó con la mirada.

—Tu novia desapareció en una librería de viejo. Las tres noticias son hechos funestos relacionados con coleccionistas de libros antiguos, ¿no se te hace demasiada coincidencia?

—Es raro, sí.

—Además, los libreros mencionados forman parte de una misma sociedad: México Viejo.

—Hay que averiguar cuál de las librerías de Donceles pertenece a ella.

El Griego le extendió un folder con información sacada de internet: otro privilegio a costa de Saviñón.

—Ya lo hice: ninguna. Pero algo extraño está pasando en el mundo de los libreros, los persigue la tragedia. Intuyo que esos sucesos están relacionados con la desaparición de tu novia; no puede ser obra del azar. Tiene que haber un maniático que está acechando a los coleccionistas y a sus clientes. No encuentro otra explicación... A menos que los libreros sean presa de una maldición.

—Nada de supersticiones —dijo Casasola—. Consultaré a Mondagón, a ver qué sabe.

—¿El judicial? A buen árbol te arrimas: recuerda que fui yo quien resolvió el caso del Asesino Ritual, no él...

—¿Se te ocurre algo mejor?

El Griego abrió el refrigerador y sacó dos refrescos. Los estaba guardando para el momento estelar.

—¿Alguna vez te he hablado de la Hermandad del Abismo?

Amarrada en esa cama saturada de fluidos y de un olor nauseabundo, Dafne comprendió el significado de la palabra eternidad. Contrario a lo que afirmaban los estudiosos, esta sí podía medirse en tiempo. Ella la había contabilizado, conocía su duración: dos minutos y cuarenta y siete segundos. A veces menos, pero el tormento era el mismo.

Su captor nunca había aguantado tres minutos dentro de ella. El reto: bajar la marca a dos. Durante esos segundos en los que el tiempo se dilataba de manera agónica, Dafne desarrolló un juego, una obsesión que le ayudaba a conservar la cordura: conseguir que su captor se viniera cada vez más rápido. Contaba mentalmente, repasaba los registros. La última vez duró dos minutos, nueve segundos. Estaba cerca de su objetivo. Ya lo había convencido de que le soltara una mano; Dafne descubrió que si le acariciaba los testículos precipitaba su eyaculación. La eternidad no sólo eran esos momentos en que la fricción de su miembro gordo y frenético le lastimaba; también el tiempo que permanecía sobre ella tras haber terminado, resoplando satisfecho en su cuello, goteando su repugnante sudor. Entonces Dafne hacía un esfuerzo extra, venciendo el asco, para acariciarle la espalda velluda con la mano suelta.

—Anda, libérame la otra mano, déjame abrazarte bien…

Aún no lo convencía, pero confiaba en que pronto cedería. Alguna vez, sobrepasando lo indecible, Dafne lo arrulló. Sabía lo que se proponía: en lugar de volverlo hombre en la cama, lo infantilizaba aún más. Su profesión le enseñó que el asco no conocía límites. Había visto a hombres beberse su propia orina, a pervertidos que se excitaban embarrándose de excrementos. Lo que no imaginaba era que el instinto de supervivencia también podía estirar sus propios límites. Aquella vez que lo durmió sobre su pecho, su captor comenzó a mover los labios en un acto reflejo; ella comprendió: con la mano libre empujó suavemente la cabeza hacia su pezón. La boca se prendió de manera automática, succionado con fuerza.

—Shhh, shhh, mi niño…

Para escapar del túnel había que cavar más hondo. Dafne intuía que el fondo no podía encontrarse lejos.

12

El vino era barato y corría a raudales. Max Siniestra detestaba los cocteles para becarios de los Escamilla. No habían cambiado nada en años: jóvenes borrachos e impertinentes, ansiosos por relacionarse con el mundillo de intelectuales que giraba en torno a los hermanos coleccionistas; académicos, artistas y escritores que se daban demasiada importancia pero que no despreciaban tragos gratis ni la oportunidad de atiborrase con los bocadillos de caviar. Él mismo había sido un joven becario deslumbrado por aquellas fiestas, por la ridícula sensación de codearse con gente importante que podría ayudarlo en el futuro. Los Escamilla aseguraban que el diálogo entre distintas generaciones era importante para el desarrollo de la cultura, pero Max estaba seguro de que aquellas reuniones eran un experimento, el laboratorio privado donde los hermanos coleccionistas observaban el comportamiento humano con fines que sólo a ellos interesaban. Si asistió en esa ocasión, fue porque sabía que los miembros de México Viejo habían recibido y entendido su mensaje. Esa noche regresaría con el libro en las manos. Podía sentir las voces, sus vibraciones intentando llegar a él.

Aceptó por rutina la copa que le ofreció un mesero, y se acercó a un grupo de becarios que discutía acaloradamente. Dos jóvenes de saco y corbata mal anudada alegaban con una muchacha de lentes y vestido escotado. Max se paró junto a ellos y se les quedó mirando. El tema de la discusión era el vino.

—¿Qué pasa? —preguntó— ¿No los están atendiendo bien? Puedo pasar la queja a los organizadores, son mis amigos.

La joven se dirigió a él de manera natural, como si lo conociera de antes.

—¡Es Merlot! Me niego a beberlo. Tú tienes cara de que sabes de vinos…

Extendió la copa. Max acercó la nariz, cauteloso.

—¡Prueba! —exigió la muchacha— No te voy a contagiar nada.

Max bebió, sin despegar sus ojos de la joven. Era descarada e intensa. Le había hablado de tú, haciéndolo sentir joven. Probablemente le llevaba treinta años, los mismos que él tenía de haber sido becario.

—Tienes razón —dictaminó—. Es merlot y no podemos beberlo. Va en contra de los derechos humanos.

—¿Verdad? De seguro hay cajas de Pinot Noir ocultas en el sótano. Deberíamos buscarlas.

—Las he visto. Junto a un cadáver momificado con peluca y chal.

La muchacha rió. Se le acercó y bajó la voz, en tono cómplice.

—Siempre he creído —dijo—, que los hermanos Escamilla tienen algo de Norman Bates.

Max recibió el latigazo de su aroma. No utilizaba perfume: olía a champú, como si acabara de bañarse. Se imaginó en una tina con ella y sintió cómo le crecía una erección.

—En realidad —dijo— se parecen más a Hitchcock, que era peor.

—Te llamas Max, ¿verdad? He oído hablar de ti...

—Tú sabes mi nombre, pero yo conozco un dato muy importante sobre ti: no te gusta el Merlot.

—La Chica Merlot. Me gusta. Es mejor que Micaela.

Max miró a su alrededor. Los acompañantes de la joven se habían hecho a un lado y discutían acaloradamente sobre la novela póstuma de un escritor latinoamericano. Uno de ellos tenía manchas de vino en la camisa y el otro inclinaba demasiado la copa, derramando el contenido.

—Por qué no vamos en busca de ese Pinot Noir —sugirió—. A alguien podemos sobornar para que nos lo sirvan.

Le ofreció su brazo a Micaela y ella lo tomó, complacida. La vieja y olvidada caballerosidad seguía funcionando en pleno siglo XXI.

Cerca de ellos, los hermanos Escamilla intercambiaron miradas. No necesitaban hablarse con palabras. Sabían lo que tenían que hacer.

Los parques atraían a toda clase de personajes estrafalarios. Entre los paseantes, los desocupados, los estudiantes de pinta y los niños pedaleando en sus carritos, había una tribu para la que esos espacios abiertos eran sus auténticas casas. Se les veía en el mismo lugar, haciendo sus rutinas. Locos, menesterosos, vagabundos o "buenos para nada", como decían las abuelas. "Gente en situación de calle" los llamaba el gobierno. Casasola los conocía de cerca, se había disfrazado en el pasado para semejar uno de ellos y sabía que no se les podía tomar a la ligera. Por ejemplo, la Comunidad George Romero, de la calle Artículo 123, había vuelto ocupar el lugar del que había sido desplazada, y ni las jardineras de cemento ni la estación de ecobicis que se instalaron en su territorio pudieron alejarlos demasiado tiempo. Eran una fuerza poderosa que desafiaba a las autoridades, a los vecinos, a los activistas. Nadie sabía qué hacer con ellos. La Comunidad George Romero, auténticos radicales que rendían honor al antiguo nombre del lugar que ocupaban: Artículo 123 se había llamado antes la calle de los Rebeldes.

Ahora, Casasola estaba a punto de entrar en contacto con otro nivel de la indigencia: la Hermandad del Abismo.

El Griego le dijo que buscara al líder. Lo apodaban el Monje y lo podía encontrar en la plaza Río de Janeiro, en la colonia Roma. Le sería fácil identificarlo, pues tenía la manía de rasurarse la cabeza y la barba, y utilizaba el agua de la fuente del David para limpiarse. El Monje invertía horas pasando insistentemente un rastrillo por su piel como si quisiera desollarse. Vestía una larga camisa desfajada, que semejaba una túnica, y calzaba tenis en buen estado; no parecía indigente, sino un loco al que su familia hubiera echado a la calle.

La Hermandad del Abismo, le explicó el Griego, no era una leyenda urbana porque nadie hablaba de ella. Se trataba de una red secreta de indigentes que traficaba con información privilegiada a cambio de objetos insignificantes. Estaban en todas partes, observando sin ser observados.

—Son los espías perfectos —le había dicho el Griego en la celda del Hospital Psiquiátrico—. Nadie se va a preocupar por un hombre en harapos que está tirado en una esquina, tomando el sol o bebiendo una botella de alcohol, hablando solo mientras se acaricia unas rastas mugrientas.

—¿Y de verdad crees que me puedan ayudar? —preguntó Casasola, escéptico.

—La librería de viejo que se incendió estaba cerca de la plaza Río de Janeiro. Es el territorio del Monje.

—Desconfío de los indigentes. Sólo ven por sí mismos.

El Griego se impacientó.

—¿Quieres encontrar a Dafne? Hazme caso…

Casasola caminó por la plaza. Iba preparado para el trueque con un paquete de rastrillos. Localizó al Monje en una banca cercana a la fuente del David; se sentó a su lado y esperó algunos minutos antes de dirigirle la palabra. La actitud taciturna, así como el coco rapado del personaje le daban, en efecto, la apariencia de un monje.

Le extendió el paquete. El Monje lo tomó sin mirarlo. Sus ojos estaban clavados en la fuente, como si añorara el momento de levantarse y comenzar su ritual de limpieza.

Casasola venció la sensación de absurdo que lo embargaba y se atrevió a hablar.

—Hace unos días se incendió una librería aquí cerca. Me preguntaba si alguno de ustedes vio algo extraño...

—Es triste —dijo el Monje, sin quitar los ojos del agua.

—¿Cómo?

—Es triste ver un libro quemándose.

Casasola sintió que perdía el tiempo, que sus peores sospechas se confirmaban. Estaba a punto de levantarse cuando el Monje habló de nuevo:

—El Artista duerme por ahí. Vio todo.

—¿Qué vio?

—Fue un incendio provocado. Vio salir a la persona que lo hizo.

—Y el Artista... ¿podrá recordar cómo era?

—No.

El Monje guardó silencio. Abrió el paquete y comenzó a tocar los rastrillos; parecía que meditaba cuál elegir. Casasola negó con la cabeza, molesto consigo mismo por haberle hecho caso al Griego. Dafne estaba desaparecida, mientras él conversaba con un lunático en una banca.

El Monje se decidió por un rastrillo y guardó los demás en la bolsa de su pantalón. Después miró a Casasola por primera vez.

—No necesita recordarlo —dijo—. El Artista lo dibujó.

La cabeza le punzaba, necesitada de voces. Max Siniestra tomó un par de aspirinas y luego se sentó ante la mesa de su estudio a revisar la correspondencia. En plena época de internet y los correos electrónicos resultaba absurda la cantidad de mensajes que aún se entregaban de puerta en puerta, en sobres cerrados; la mayoría de ellos contenía publicidad y ofertas. Entre toda esa basura había un sobre de papel manila, sin remitente, sospechoso. Max lo abrió, con dedos nerviosos; adentro venía un cedé. Lo colocó en la computadora, consciente de que aquello no podía traer nada bueno. Era un video, tomando desde el techo de uno de los baños de los Escamilla. La escena: Micaela montada sobre Max en el escusado; ambos tenían las cabezas hacia atrás, en éxtasis; los rostros reconocibles. Max extrajo el disco, furioso, y lo partió en dos con las manos. ¿Cómo pudo ser tan estúpido? Había caído en la trampa como un niño. Los viejos decrépitos le estaban ganando la partida: aún no recuperaba el libro y ahora lo tenían contra la pared.

Requería un consejo, oír las voces.

Respiró hondo e intentó tranquilizarse. Captó los sonidos de la calle, los distinguió uno por uno, y luego dejó que salieran de sus oídos hasta volverse otra vez ruido de fondo. En esa quietud, observando la luz matinal que entraba por la ventana, comprendió una cosa: las voces no volverían hasta que tuviera el libro en sus manos, pero podía *anticiparlas*. Había convivido mucho tiempo con ellas y sabía lo que le dirían en una situación como esta.

Le dirían: *No dejes que te amedrenten. Contraataca, tri-*
plica el golpe.

Paralízalos, hincha sus corazones de terror.

Max tomó el celular e hizo una llamada. Le contestó
una voz fresca, entusiasta.

—Pensé que no ibas a volver a llamar —dijo Micaela, al
otro lado de la línea.

El Artista había estudiado dibujo en la Esmeralda. Como
sucedía con muchos indigentes, su edad era difícil de
calcular. Las capas de mugre acumuladas en su rostro
y en su cabello ocultaban arrugas y canas, volviéndo-
lo un ser atemporal. De su cuerpo se desprendía el hedor característico de los vagabundos: una mezcla tóxica,
irrespirable, en la que destacaba un fuerte olor a culo. Al
igual, también, que sus colegas de la calle, dormía con
sus pertenencias a un lado; algunas estaban amontona-
das y otras metidas en una mochila vieja, descolorida. El
Monje desconocía qué fue lo que apartó a su cómplice
del camino del arte: no le gustaba hablar sobre ello. Como Casasola pudo comprobar tras regalarle un paquete
de hojas y un puñado de lápices, tenía talento. El Artista
recibió complacido el obsequio y le mostró su obra: dibu-
jaba sobre todo personas, rostros. Sus trazos conformaban una galería de la gente que se cruzaban con él desde
hacía años. Algunas mujeres y hombres se repetían, eran
identificables: su imagen se transformaba con el paso del
tiempo e incluso envejecían; podía rastrearse a quiénes

frecuentaban, cómo cambiaban de pareja. El Artista era el obsesivo cronista de un fragmento de la ciudad, el mismo que había ocupado durante décadas. Tenía un proyecto, y en él había mucho más concepto y congruencia que en las propuestas de los creadores que ahora estaban de moda y montaban exposiciones a la menor provocación. Casasola comprendió: el Artista se escondió del mundo del arte porque lo que se hacía hoy en día no era arte. Lo que importaba era la imagen, la fama, el personaje. La habilidad para venderte a ti mismo y tomarle el pelo a los ingenuos. Ser una estrella, el supuesto genio que nadie se atrevía a criticar por miedo a quedar como un ignorante. La clave estaba en apantallar: meter un tiburón en formol o partir un coche por la mitad. El aplauso estaba garantizado por la especie dominante: los aduladores…

El Artista buscó en su mochila y le entregó una hoja de papel arrugada, con manchas de comida. En ella se veía a un hombre de mediana edad, bien parecido, con una barba perfectamente recortada.

Mientras analizaba los lápices que Casasola le regaló, anticipando los dibujos que saldrían de ellos, el Artista dijo:

—Él incendió la librería.

13

El hombre que Casasola tenía frente a él casi parecía humano.

Casi.

Eugenio ya no se molestaba en inclinar el sombrero para ocultar su cara. La mayor parte de los músculos del rostro estaban cubiertos por una capa de piel viscosa y brillante, como untada de vaselina. Los ojos ya no eran saltones: tenían párpados e incluso unas finas cejas comenzaban a delinearse encima de ellos.

Sin embargo, faltaba un detalle importante: la nariz.

—Es cuestión de días para que esté completo.

El abuelo miraba por la ventana de su cuarto en el Hotel Geneve, ansioso por salir a la calle.

—Mientras eso ocurre necesito que me ayudes.

Parado cerca de la puerta, Casasola negó con la cabeza.

—Vine a decirte que no puedo. Mi novia está desaparecida, tengo otras prioridades.

Eugenio se giró; avanzó hasta colocarse frente a su

nieto y agitó las manos enguatadas antes de hablar, en un gesto de impaciencia. Casasola sintió un escalofrío. Nunca había estado tan cerca de él. ¿Qué había debajo de esos guantes? ¿Falanges con trozos de carne, como si se las hubiera mordido un perro?

La mirada de su abuelo era tan intensa que parecía que aún no tenía párpados.

—Entiende: si no me ayudas, si no detenemos a los Muertos Vivos, entonces ya nada podrás hacer por tu novia.

—Tus problemas no son los míos. Lo siento.

Eugenio suspiró, intentando tranquilizarse. Su aliento olía a carne cruda.

—¿Trajiste lo que te pedí?

Casasola le extendió la bolsa con el logotipo de una tienda. Su abuelo la tomó y extrajo su contenido: una bufanda. Se la colocó de manera que le cubría la mayor parte del rostro; luego se alzó las solapas de la levita.

—Vamos —dijo.

—¿A dónde?

Eugenio se caló el sombrero hasta las cejas.

—A la calle.

Caminaron entre el tumulto de la Zona Rosa. Eugenio se veía ridículo con la chistera y el rostro cubierto por una bufanda a plena luz del día. Sin embargo, nadie lo volteaba a ver: pocas cosas podían sorprender a los habitantes de la urbe más grande, caótica y extravagante del mundo. Mucho menos a quienes transitaban por un lugar plagado de tiendas cuyos escaparates ofrecían penes de plástico con arneses, dildos con forma de aspiradora y pelucas de colores radiactivos.

Tomaron un taxi; avanzaron por Insurgentes, después doblaron por Reforma con dirección al Centro. Eugenio pegaba el rostro a la ventanilla, azorado, como un niño que por primera vez se sube a un coche.

—Estas carrozas sin caballos —dijo—, son más veloces y prácticas...

Casasola vio que el taxista los observaba con curiosidad por el espejo retrovisor; estiró una mano para apretar el brazo de su abuelo y hacerlo callar, pero se arrepintió en cuando rozó la tela de su levita.

Eugenio continuó con su reflexión:

—Y se evita que los caballos se anden zurrando por todas partes... Cuando se estrenaba una obra de teatro y asistía mucha gente, la calle se llenaba de estiércol. A partir de entonces se le comenzó a desear a los artistas "mucha mierda", pues era señal de éxito...

El taxista no despegaba los ojos del retrovisor; Casasola comenzó a preocuparse de que chocaran.

—Eugenio —dijo—. No te hace bien hablar. Tu salud...

Su abuelo lo ignoró.

—Pero hay algo que no han podido evitar: la ciudad aún huele a mierda.

Bajaron en el Zócalo. Los rayos del sol rebotaban en la

plancha de concreto, intensificando el calor. Parecía que caminaban sobre un sartén gigante.

—¿Qué hicieron con todos los árboles? —se lamentó Eugenio—. ¿Y el paseo de las Cadenas? Dios mío, en cien años arruinaron la ciudad… Y aquí mismo había una librería. La librería de Cristal, lo recuerdo como si hubiera sido ayer. ¿Qué ya nadie lee?

Casasola sonrió, pues comenzaba a comprender mejor a su abuelo. Eugenio no había envejecido; murió joven, y su regreso a la ciudad un siglo después le daba la oportunidad de comportarse como lo que era: un abuelo centenario.

—Llévame al Boulevard —pidió Eugenio—. ¿Sigue habiendo mucha gente allí?

—No tienes idea…

Cruzaron hacia el Portal de Mercaderes y dieron vuelta en Madero. Un hormiguero de gente volvía intransitable la calle peatonal. Avanzaron en dirección a Eje Central. Eugenio miraba hacia todos lados, pasmado; Casasola intuyó que buscaba reconocerse en los escasos edificios que quedaban de su época.

En el cruce con Bolívar, Eugenio se detuvo ante la Casa Borda para leer una placa conmemorativa:

Este edificio alojó las oficinas de la Revista Moderna.

Comenzó a sollozar, sin lágrimas. No podía producirlas porque era un Muerto Vivo.

—Extrañas a Julio —Casasola sabía por qué su abuelo estaba triste.

—No he tenido tiempo. Recuerda que morí poco después que él.

—El Museo Nacional de Arte le dedicó una exposición. Su obra se ha revalorado…

Eugenio se enjugó las lágrimas inexistentes. Un mero reflejo.

—Algo bueno debía tener esta época.

Continuaron entre el mar de gente. Cuando llegaron a Eje Central, Eugenio vio las multitudes que esperaban cruzar a ambos lados de la calle y comprendió que había llegado el momento. Se retiró los guantes de las manos y los guardó en la bolsa de su levita. El semáforo se puso en verde; cogió el brazo de su nieto, tocándolo por primera vez desde su regreso y lo arrastró hacia el vórtice de cuerpos.

Casasola sintió que una descarga de energía circulaba dentro de él. Igual a la que producía el juego de los toques eléctricos en las cantinas. El tiempo se hizo más lento, hasta casi detenerse…

Vio a cada una de las personas que pasaban junto a él. Unos lo ignoraban, pero otras giraron sus cabezas para observarlo. Y lo que atestiguó en esos rostros lo dejó sin palabras: carecían de labios, sus dientes asomaban en una amplia y macabra sonrisa.

Calaveras. Camufladas entre la población. Una revelación terrorífica: los Muertos Vivos eran Legión.

Volvieron a la Zona Rosa y entraron al local de Daniela. A Casasola no le sorprendió cuando la médium dijo:

—Los estaba esperando.

Lo que sí le llamó la atención fue que Daniela y su abuelo se trataran con familiaridad. La mujer le quitó la bufanda, el sombrero y los guantes. Tras observar detenidamente su rostro, comentó:

—No veo cartílago. Tal vez la nariz no encarne.

Eugenio se sentó ante la mesa de lectura.

—Un pequeño inconveniente —dijo, consternado.

—Lo arreglaremos.

Casasola sentía una mezcla de curiosidad y enojo.

—¿Alguien me puede decir qué está pasando?

Daniela jaló una silla, indicándole que se sentara. Eugenio esperó a que su nieto le dirigiera la mirada, y habló:

—Te dije que tenía una aliada.

—¿Y entonces para qué me necesitas?

—No puedo ir por ahí sin nariz. Además, eres el único que puede ayudarme con Verduzco y Quintana. Padecen el Síndrome del Encarnado.

—¿El qué?

La médium le hizo un gesto con la cabeza a Eugenio y tomó la palabra.

—Cuando un muerto encarna, tarda un tiempo en recordar lo que en verdad es. A veces, la confusión se prolonga y entonces hay que *despertarlo*.

—¿Me están diciendo que Verduzco y Quintana creen que están vivos? ¿Qué no se han dado cuenta de que son fantasmas?

—No son fantasmas —aclaró Eugenio—. Esto es más complejo, tú lo pudiste sentir en la calle cuando te toqué. Ya te lo dije antes: son Muertos Vivos. *Encarnados*, es el término correcto.

—Es el siguiente paso en la evolución de los muertos —agregó Daniela—. Antes eran los fantasmas. Ahora son los Encarnados, que en realidad pueden interactuar e intervenir en nuestro mundo.

—¿Los muertos evolucionan?

—Como toda especie.

—Me lleva la chingada.

Eugenio iba a tocar a su nieto pero se contuvo: no quería causarle una visión en ese momento.

—Los muertos viven obsesionados con nuestro mundo —dijo—, de la misma manera que a nosotros nos obsesiona la muerte. La diferencia es que ellos sí se quieren mudar aquí.

—¿Y cuál es el riesgo? ¿Una sobrepoblación de vivos y muertos? No lo veo tan problemático.

Daniela sí lo tocó. Puso su mano sobre su brazo y ahí la dejó: pasaba tanto tiempo dialogando con los muertos que le gustaba sentir el calor de los vivos.

—Es mucho peor que eso —dijo—. Ambos mundos transcurren en un delicado equilibrio, en una balanza. Si uno de los dos se inclina demasiado, todo colapsa.

—¿Cómo? —quiso saber Casasola.

—No tenemos certeza, pero podemos intuirlo: la ciudad se está hundiendo.

—Pero eso se debe a las arcillas que hay en el subsuelo, al antiguo lago desecado, a las pirámides enterradas…

—Así lo explica la ciencia. Nosotros tenemos otra teoría: la invasión de los Encarnados está provocando que descendamos directamente hacia el Inframundo.

Eugenio se puso de pie. Se puso los guantes, la bufanda y el sombrero.

—No perdamos más tiempo —dijo—. Tenemos que *despertar* a Verduzco y a Quintana.

—¿Cuál es el plan? —preguntó Casasola— ¿Cómo vamos a detener a los Encarnados?

Daniela apretó los dedos sobre su brazo.

—Tú eres el plan —respondió—. Tú eres la llave que les cerrará la puerta.

14

Los hermanos Escamilla miraron por el monitor de la cámara de seguridad y sonrieron, complacidos. En la pantalla se veía a Max Siniestra, parado frente a la puerta de entrada, vestido de manera impecable como siempre, con una caja envuelta para regalo entre las manos. Era cuadrada, de tamaño mediano, por lo que dedujeron que contenía un pastel. Max sabía que a ellos les encantaba lo dulce. Sin duda, venía a hacer las paces.

Roque pulsó un botón; la puerta se abrió, dejándolo pasar. Ricardo le pidió a la sirvienta que se retirara a su habitación. Querían privacidad. Que no hubiera presencias incómodas para que Max se rindiera sin reservas. Lo recibirían en la biblioteca. Allí había una cámara de seguridad instalada recientemente, junto con la del baño de visitas. Su momento de triunfo quedaría registrado en su archivo privado.

Max entró al recinto que contenía cientos de volúmenes cuidadosamente empastados y tomó asiento en la pequeña sala. La caja continuaba en sus manos, gesto que los hermanos Escamilla interpretaron como una última reticencia, una manera de retrasar el momento de las disculpas y el pacto de no agresión.

Roque sintió un cosquilleo en la garganta, la sensación que anunciaba la erupción de las flemas, y carraspeó con fuerza para poder hablar.

—Querido amigo —dijo—. ¿Qué te trae por acá?

El rostro de Max permanecía hierático. Ningún tic que revelara nerviosismo. Había que reconocer que el hijo de puta tenía agallas.

—Venía pasando por el rumbo y pensé en traerles un regalo —dijo Max—. Algo que estoy seguro elevará sus niveles de azúcar...

Bien, pensó Roque. Vamos por buen camino, lo tenemos donde queríamos.

Ricardo se puso de pie y fue hacia una repisa en la que había un juego de té y cubiertos.

—Sé que últimamente no me he comportado de la mejor manera —continuó Max—, y que he realizado una serie de actos que han puesto en peligro la continuidad de México Viejo...

Ricardo regresó con tres platos y tres cucharas. Los puso sobre la mesa y volvió a sentarse. Se dio cuenta de que faltaba un cuchillo para partir el pastel y que debería llamar a la sirvienta para que lo trajera, pero las palabras de Max lo distrajeron.

—También sé que la otra noche no fui el más caballero en esta casa, y que realicé un acto cuestionable, cuya evidencia pone en entre dicho mi reputación.

Roque pensó que Max sonaba patético y disfrutaba verlo vencido, pero su garganta ansiaba la fresca caricia del merengue. Era hora de pactar y comerse el pastel.

—Querido —dijo—, nosotros...

Max lo ignoró.

—Es por eso que tomé la decisión de traerles un presente. Un obsequio que devolverá las jerarquías de la sociedad a su sitio.

Colocó la caja sobre la mesa y se dispuso a abrirla.

Roque asintió, aliviado. Ricardo se pasó la lengua por los labios, anticipando el sabor del pastel.

Max extrajo el contenido, se puso de pie y lo blandió frente a los rostros incrédulos de los hermanos Escamilla.

Aquello no era un postre ni se podía comer. Era la cabeza cercenada de Micaela.

Otro día más sin poder concentrarse en la oficina. Casasola colocó el retrato que le dio el Artista en su cubículo, a un lado de la computadora. Le resultaba familiar. Aquel rostro de rasgos simétricos y barba cuidada pertenecía, sin duda, al mundo de la cultura. ¿Dónde lo había visto? ¿En el museo? Tenía pinta de ser un hombre refinado y con dinero, ¿un miembro del Patronato tal vez? Fue al archivo del periódico que editaba y revisó los ejemplares de los últimos meses. La publicación contenía ensayos sobre las exposiciones temporales que ofrecía el museo, información general sobre las actividendes que realizaba la institución, y también una pequeña sección de sociales.

Allí lo vio. En medio de un grupo de personas que sostenían copas de vino durante una inauguración.

Era Max Siniestra, coleccionista y bibliófilo.

Regresó a su computadora y buscó el nombre en internet. La primera noticia que apareció relacionada con él lo dejó boquiabierto:

RECONOCIDO COLECCIONISTA,

SOSPECHOSO DE ASESINAR A BECARIA

Abrió el cajón de su escritorio y sacó el folder con el expediente que le había dado el Griego. Max Siniestra era el miembro más joven de la Sociedad México Viejo. Y uno de los pocos que continuaba con vida. Había estado en la casa de Roldán Bruno la noche en que murió. Fue interrogado, sin que ninguna acusación cayera sobre él.

Recordó lo que le dijo el Artista: el hombre que salió de la librería en llamas caminaba tranquilamente. No parecía asustado ni preocupado. Tampoco llamó a los bomberos y se quedó mirando, desde una esquina, cómo ardía el local.

México Viejo era víctima de una maldición, como señaló el Griego. La maldición tenía un nombre: Max Siniestra.

Dafne había llegado al límite de sus fuerzas. Estaba agotada, tanto física como mentalmente. A pesar de obligarse a sí misma a deglutir la porquería de comida que su captor le preparaba, había enflacado de manera considerable. Sus curvas generosas desaparecieron, sus senos lucían encogidos. Sabía que, si tuviera la oportunidad de mirarse ante un espejo, no se reconocería. Sin embargo, el momento de su liberación había llegado. Su plan así lo indicaba y conservaba una pequeña reserva de energía para asestar el golpe final.

Hacía varios días que se había ganado la confianza de su captor. Ya no tenía las manos amarradas a los barrotes de la cama. A veces el sujeto se quedaba a dormir con ella tras violarla.

Fiel a su objetivo, Dafne le pidió un regalo.

—Quiero unas flores. Y un lindo florero para ponerlas.

Las flores llegaron: rosas blancas en un tosco florero de barro. Ahora estaban derramadas en el piso, junto con el agua que las alimentaba. Dafne tenía el jarrón en las manos y permanecía de pie a un lado de la puerta. El cuerpo le temblaba de cansancio y frío; apenas un blusón de manta la cubría de los hombros a las ingles.

Su captor era metódico; escuchó sus pasos en dirección al cuarto a donde se encaminaba para recibir su ración diaria de sexo.

La puerta se abrió. El sujeto se quedó parado, de espaldas, sorprendido de no ver a la mujer tendida en la cama, como siempre. Iba a dar otro paso hacia el interior, pero Dafne se adelantó. Salió detrás de la puerta y le reventó el florero en el cráneo. Después, utilizando el último aliento que le quedaba, salió al oscuro pasillo, bajó las escaleras tambaleándose y abrió la puerta que daba a la calle.

Comprendió dónde se encontraba. Reconoció la plaza de Santo Domingo y el Antiguo Palacio de la Inquisición. Pero había algo extraño, algo que no encajaba.

Era la misma ciudad, y a la vez, otra.

Debía ser temprano, porque no había actividad en las calles. En una esquina vio a un niño con sombrero de paja que llevaba un cargamento de periódicos bajo el brazo. Caminó hacia él, notando cómo sus pies se hundían en el lodo. ¿Llovió? No lo recordaba.

Quiso hablarle al niño, pero las palabras no salieron de su boca. Extendió la mano para tomar un ejemplar.

Dafne leyó, incrédula. Le dirigió una mirada interrogante al niño, quien se limitó a doblar la palma de la mano hacia arriba, exigiendo una moneda.

Volvió a leer. El periódico decía:

El Diario Literario de México
Asuntos varios sobre ciencias y artes

Dafne se talló los ojos.

La fecha. Seguro el cansancio jugaba con su mente. Sus ojos se volvieron a posar sobre el papel.

Era imposible.

Mil setecientos sesenta y ocho.

Después ya no pudo leer: Leandro apareció a su espalda y la sujetó del cabello, arrastrándola de regreso a las sombras.

TERCERA PARTE
EL PORTAL

15

Ciudad de México, marzo de 1990

La librería Inframundo ocupaba parte de los bajos de un viejo edificio del Centro construido en la segunda mitad del siglo XVIII. Era un local tan estrecho como profundo, cuya bodega estaba instalada al fondo del inmueble; a esta se accedía tras una serie de laberínticos pasillos atestados de libreros. Con el paso de los años el acervo creció, y junto con él proliferó el desorden: pilas de ejemplares usados se alzaban por doquier en la bodega, dejando apenas espacio para circular entre ellas. El único que sabía orientarse entre el caos de volúmenes achacosos era Artemio Ceballos; por eso nadie más se aventuraba en lo que él llamaba "el corazón de la librería". Ni siquiera su nieto, el pequeño Leandro, que siempre lo seguía a todas partes como un perro faldero, quería meterse en la penumbra polvosa donde se almacenaban los libros.

Cierta mañana que realizaba un inventario, Artemio rozó accidentalmente con el hombro una hilera de libros, provocando una cascada de ejemplares que lo golpeó en la cabeza y la espalda. Mientras se agachaba, adolorido, a recoger los volúmenes desperdigados, notó una corriente de aire. En el hueco que se abrió tras el derrumbe distinguió un arco de ladrillos y debajo un rectángulo de oscuridad. Artemio lo había visto antes en la pared del fondo de la bodega; sabía que eran los restos de una construcción más antigua, asimilada al edificio. Un arco condenado, que no conducía a ninguna parte. Pero en ese momento le pareció que el rectángulo negro tenía profundidad, como si se trata de una puerta que alguien acabara de abrir. Mientras permanecía en cuclillas en el suelo sucio de la bodega, en su atmósfera saturada de millones de partículas de polvo respiró un aire diferente: una brisa que olía a paja mojada, a barro, a excremento de caballo.

Incrédulo, se puso de pie. Había leído los textos antiguos que hablaban de los portales ocultos en los viejos edificios del Centro, construidos por un círculo de iniciados con motivos desconocidos. Eran una leyenda, claro. Y, sin embargo, ahora parecía estar frente a uno de ellos.

Artemio se sacudió el polvo y se acomodó la ropa. Se dio cuenta de que el cuerpo le temblaba; sentía miedo, curiosidad, pero sobre todo una gran incertidumbre. Lo mismo, pensó, que debía sentir cualquier persona en el umbral de un descubrimiento importante.

Suspiró hondo, dejó que la brisa repleta de olores distintos inundara sus pulmones. Después estiró una mano y, tanteando como un ciego, se adentró en el rectángulo de oscuridad.

* * *

Mondragón había engordado mucho desde la última vez que se vieron. Ahora usaba la camisa desfajada, en un intento por disimular su abultada barriga; cada que agachaba la cabeza se le inflaba la papada, lo que le daba aspecto de batracio. A Casasola no le extrañó, pues conocía las costumbres gastronómicas del judicial, regidas por una sobredosis de garnachas, refrescos y porquerías del Oxxo. Era difícil calcularle la edad, pero con seguridad tenía menos años de los que aparentaba. Lo vio cansado, con la camisa manchada de sudor en la zona de las axilas, y se preguntó si el policía resistiría mucho tiempo más el ritmo de vida que llevaba. No lo compadeció. Mondragón carecía de escrúpulos y generalmente obtenía lo que quería a costa de los demás.

Como ahora, que comería a expensas del bolsillo de Casasola: sólo con una invitación de por medio el judicial aceptó verlo y pasarle algo de información.

Se encontraban en un restaurante de la Zona Rosa, ubicado en la calle de Hamburgo, llamado El Pialadero de Guadalajara. El judicial había pedido uno de los platillos tapatíos por excelencia: carne en su jugo, y ahora se concentraba en atiborrarlo de cebolla, cilantro y limón.

Casasola no tenía hambre. La incertidumbre del paradero de Dafne había esfumado su apetito.

—Eso no es carne en su jugo —dijo—, es *cebolla* en su jugo.

Mondragón alzó la mirada del plato y habló mientras masticaba.

—A los caldos hay que sazonarlos bien. Además, la cebolla es baja en calorías, colesterol y sodio.

—Me alegra que te cuides. Se notan los progresos en tu aspecto.

—Traigo unos kilitos de más, pero nada que no se pueda solucionar con un poco de ejercicio.

—¿Te refieres a mover la mandíbula? Es más probable que yo atrape a un criminal a que tú cruces la puerta de un gimnasio.

—Ya estuvo, ¿no? Dime para qué querías verme. Aprovecha porque en media hora tengo otra cita.

—¿En una pastelería? Te hará falta el postre.

—No: aquí hay jericallas.

Mondragón cogió una tortilla, la untó de frijoles refritos, cebollas desflemadas, salsa verde, y le dio un enorme mordisco. El judicial comía con auténtico placer, eso había que reconocérselo. Casasola conocía a muchas personas a quienes les daba lo mismo lo que se metían al estómago, y eso le parecía imperdonable.

Decidió dejar de molestar al policía y le habló de la desaparición de Dafne. De la conexión que había con las librerías de la calle de Donceles. Le habló de la Hermandad del Abismo y le mostró el retrato hecho por el Artista: Max Siniestra, integrante de la Sociedad México Viejo, sospechoso de incendiar una librería en la colonia Roma y presunto asesino de la becaria Micaela.

Mondragón escuchó atentamente sin dejar de llevarse

comida a la boca. Cuando Casasola terminó de contarle todo lo que sabía, el judicial había dejado el plato vacío. Tras limpiarse la boca con una servilleta, dijo:

—Te voy a ser sincero: no hay mucho que pueda hacer.

—¿De plano? Se trata de mi novia.

—¿Cómo era el título de aquella película? *La vida difícil de una mujer fácil*. No te ofendas, pero enamorarte de una teibolera es el peor negocio del mundo. Te comportas como un adolescente calenturiento.

Casasola estuvo tentado a ponerse de pie y dejar al judicial con la cuenta sin pagar, pero habría sido un error. Tras las burlas vendría la ayuda. Así era Mondragón.

—Ya no existen los *table dance* —replicó—, eso tú lo sabes mejor que nadie. Dafne trabajaba en un servicio *escort*.

—Peor aún. Probablemente esté en Las Vegas con algún empresario, divirtiéndose mientras tú sufres.

—No mames. Iba a dejar el negocio: acudía a su última cita cuando desapareció. ¿Y qué me dices de la liga con México Viejo? Dafne se esfumó en un local de libros usados y algunos miembros de esa sociedad han muerto recientemente, incluida una becaria que trabajaba para ellos.

—No mames tú: mejor dedícate a hacer novelas. Ves conexiones donde no las hay. ¿Se incendió una librería? ¿Un coleccionista se atragantó con un hueso de pollo? Lo único que tienes es un dibujo hecho por un indigente. ¡Que intervenga el ejército, por favor!

—¿De verdad te importa un carajo?

—Por supuesto. Las cosas se han salido de control con el crimen organizado: grupos de personas que son secuestradas en un antro a plena luz del día, edificios enteros tomados por grupos delictivos, ejecutados colgando de puentes… ¿Se perdió una *prosti*? Discúlpame, pero hay prioridades. No se va a movilizar toda la PGR para localizar a tu novia.

—No quiero a la PGR —Casasola alzó la voz—. Quiero que tú me ayudes.

—Mira, me caes bien, hicimos buena mancuerna en el caso del Asesino Ritual. Yo no puedo ayudarte, pero conozco a alguien que sí…

Mondragón hizo una pausa para pedir una torta ahogada. Se la trajeron bañada en salsa picante, junto con un par de guantes de plástico. Mientras el judicial se los colocaba, Casasola no dejó pasar la oportunidad para molestarlo de nuevo.

—¿La vas a operar o te las vas a comer?

—No quiero mancharme. Aunque no lo creas, la imagen es muy importante en mi trabajo.

—¿Y quién es tu asesor? ¿El payaso Brozo?

Mondragón ignoró el comentario y hundió sus dientes en el birote salado.

—¿Quieres que te ayude o no?

Casasola bajó la guardia.

—Por favor.

El policía se quitó los guantes, sacó su cartera, extrajo una tarjeta de presentación y se la dio a Casasola.

—Es una exjudicial que ahora trabaja como detective privado. Te la recomiendo ampliamente, pero con una advertencia: no la hagas enojar.

–¿Tan brava es?

Mondragón se volvió a colocar los guantes manchados de salsa roja. Ahora sí parecía un cirujano en plena operación.

–Te pateará los huevos.

Daniela le pidió que se reunieran en un cruce específico: Dinamarca y Chapultepec, en la colonia Juárez. La avenida estaba cerrada en ese tramo; había maquinaria y varios trabajadores con casco y chaleco anaranjado. Uno de ellos sostenía un taladro hidráulico. Lo utilizaba para realizar pequeños agujeros en serie sobre el asfalto.

–Extraño lugar para una cita –dijo Casasola, alzando la voz para hacerse escuchar por encima del infernal ruido.

–No es una cita –se defendió Daniela–. Te traje aquí para que veas y entiendas.

–¿El arte del asfaltado?

La médium le dio un codazo.

–No seas tonto. La calle se está hundiendo sobre los túneles del metro. Lo que los trabajadores están haciendo es una operación de rescate: inyectarán policloruro de vinilo para volver a elevar el nivel del suelo.

–No sabía que también eres ingeniera.

–Soy una ciudadana preocupada. Y quiero contagiarte mi inquietud.

–Lo que tú quieres es causarme insomnio. Pero hay maneras más divertidas de provocarlo.

–También hay mejores maneras de insinuarse.

Casasola observó a Daniela. Era la primera vez que se veían fuera de la penumbra del tarot. A la luz del día conservaba la apariencia de edad indefinida que la volvía intrigante.

–No me estoy insinuando –dijo–. Pero me haces recordar una canción de Mono Blanco que habla sobre el fin del mundo…

–Ya basta. Esto es serio.

–De acuerdo: la ciudad se está hundiendo por el peso de los Encarnados. Una labor para Atlas, que sostiene al mundo en sus hombros, no para mí. Lo siento, debo regresar al trabajo.

Daniela lo vio alejarse rumbo a la entrada del metro Cuauhtémoc. Tenía que hablar con Eugenio: era momento de pasar a la segunda fase del plan.

Max Rojas estaba desaparecido. Después de arrojar la cabeza de Micaela en casa de los hermanos Escamilla se había escondido. Roque y Ricardo lo sabían porque, tras hacer la denuncia correspondiente, la policía buscó al asesino en su casa y en los lugares que frecuentaba sin encontrarlo. Resultaba lógico: Max podía ser un desquiciado pero no era idiota. Los hermanos Escamilla lo conocían bien. Había decidido ir hasta las últimas consecuencias en su cruzada contra los integrantes de México Viejo y en la cárcel no podría continuarla, así que haría todo lo posible por evitar que lo atraparan.

Roque y Ricardo tampoco lo querían en la cárcel. No de momento. Tenían otros planes para él. Conocían a la persona indicada para ejecutarlos.

El timbre sonó en la residencia de los Escamilla y la sirvienta hizo pasar a la invitada. La suela de goma de sus botas produjo un chirrido insoportable sobre el piso pulido durante su trayecto hasta la biblioteca. Así era ella, no podía estar en ningún lugar sin hacerse notar: grandota, robusta, gritona. Demasiado vulgar para los gustos de los Escamilla, pero muy eficiente en su trabajo.

Entró a la biblioteca y se desparramó en un sillón. Un sillón que pareció encogerse en cuanto su voluminoso cuerpo cayó sobre él. Roque y Ricardo bebían coñac. Ella pidió coca cola.

Los hermanos Escamilla le explicaron la situación. La discreción que se necesitaba. Max Rojas debía ser localizado y llevado a un lugar seguro sin que la policía se enterara. Mientras los escuchaba, su invitada bebió tres refrescos sorbiendo el contenido como una aspiradora.

Ella aceptó el trabajo, complacida. A fin de cuentas se trataba de que un criminal recibiera su merecido. Y, muy probablemente, recibiría más que eso.

Dejó la botella sobre la mesa con un movimiento brusco, chocando el cristal sobre la superficie. No era una persona torpe. El problema era que todo le quedaba pequeño. El mundo no parecía hecho a su medida.

Miró a los hermanos Escamilla con una sonrisa maliciosa.

—Y un vez que lo agarre, ¿puedo quedarme a ver lo que le hagan?

Roque negó con la cabeza. Ricardo aún desconfiaba.

—¿En verdad puedes atraparlo? Es un tipo astuto y peligroso.

La mujer dejó de sonreír. Parecía ofendida por el comentario.

—Claro que me lo voy a chingar. O me dejo de llamar Andrea Mijangos.

16

La ira estuvo a punto de convertirlo en asesino. Leandro aflojó las manos justo a tiempo y las retiró del cuello de su víctima. La muchacha tenía los ojos vidriosos, el rostro amoratado. Los músculos debajo de su cuello estaban engarrotados por la presión, así que le costó trabajo volver a jalar aire. Cuando lo consiguió, la respiración vino acompañada de tos y de una serie de hipidos incontrolables. Leandro pensó que ahora sí se ahogaría; le liberó las manos de los barrotes de la cama y la ayudó a incorporarse. En cuanto la mujer logró calmarse y regular su respiración, se le fue encima, cubriéndolo con una lluvia de golpes. Leandro la dejó desahogarse. El arrebato no duró mucho; tras unos segundos, Dafne se desplomó sobre la cama, exhausta y rendida. Estaba muy débil. Se abrazó a sus rodillas, temblando y llorando en silencio.

Leandro se levantó de la cama. Vio el plato roto, la sopa regada en el suelo. Después limpiaría. Salió de la habitación y cerró con llave. De ahora en adelante sería más cuidadoso. Había caído en los engaños de la mujer, al punto de casi perderla. Desde su intento de huida ella decidió dejar de comer, empeorando su salud. Frustrado, Leandro intentó obligarla, como a una niña pequeña. Forzó sus labios con la cuchara; en respuesta, la muchacha le escupió la comida en la cara y le hizo perder el control.

Fue a la alacena. Comprobó que pronto debía cruzar el portal en busca de provisiones. La comida y las velas escaseaban. Cerca de donde ahora vivía se localizaba un mercado; sin embargo, carecía del dinero adecuado. Todo era diferente aquí. En sus escasas incursiones en la ciudad se percató de que la gente hablaba distinto. Él nunca abría la boca; su ropa sucia, aunada a su actitud silenciosa, hizo que lo tomaran por el loco del barrio. Había muchas cosas que desconocía. El baño, por ejemplo, fue un dilema. Descubrió las bacinicas bajo la cama pero, ¿que debía hacer con el contenido? Vio que los vecinos arrojaban sus deyecciones a la calle; así lo hizo al principio, hasta que se dio cuenta de que algunas personas llevaban los recipientes a una letrina cercana. ¿Cómo le había hecho su abuelo para adaptarse y moverse entre un mundo y otro con soltura?

Tras descubrir el portal, y a donde llevaba, Leandro supo que por fin podía llevar a cabo el plan que había acariciado por años. También encontró un pequeño baúl en la librería, escondido en un recoveco de la bodega. Dentro su abuelo guardaba un juego de ropa acorde con la época, y una llave. No le fue difícil dar con la casa que Artemio había conseguido del Otro Lado: el portal desembocaba en un callejón junto a una iglesia; un lugar que la gente llamaba Puerta Falsa de Santo Domingo. Allí sólo había tres casas: una de ellas lucía más descuidada que las otras; probó la llave y la cerradura se abrió. No podía creer en su buena suerte. Regresó a la librería, convencido de realizar el secuestro a la brevedad. Ahora se daba cuenta de que las cosas no eran tan simples y que debió ser más previsor. Necesitaba ropa, comida. Dinero del que circulaba en las calles. Una vez que tuviera todo eso, clausuraría el portal. Sin duda, alguien debía estar buscando a la muchacha, y ese alguien podía llegar hasta ellos.

Le gustaba este lugar para quedarse. Además de proporcionarle el escondite perfecto, descubrió que en el Otro Lado sus pensamientos lo dejaban en paz. Esas ideas que zumbaban en su interior como electricidad, quitándole el sueño. Era tal el silencio que incluso tuvo una revelación. Aquello que atormentaba su cabeza no eran pensamientos.

Eran voces.

Como de costumbre, el café del Sanborns de los Azulejos estaba lleno. Los parroquianos conformaban una curiosa mezcla de viejos que ejercitaban el oficio en extinción de leer el periódico, oficinistas trajeados adictos a los chilaquiles y solitarios que miraban con melancolía hacia la calle Cinco de Mayo, esperando la llegada de un improbable acompañante. A Casasola no le gustaba beber café:

irritaba sus nervios y su estómago. Lo había intentado tomar en diversas ocasiones, con desastrosos resultados. El té tampoco lo hacía feliz. Pensó en pedir una cerveza, pero se arrepintió: en aquel contexto donde abundaban las cabelleras canosas y las canastas rebosantes de pan dulce, lo consideró inapropiado. Sólo en el Phone Bar se sentía cómodo bebiendo tan temprano. Ordenó un chocolate y se dedicó a observar a la concurrencia mientras llegaba su cita.

Apareció veinte minutos después, vestida de pants azules y calzando botas negras de militar. Parecía un judicial en su año sabático, y de algún modo lo era, pues como Mondragón le explicó, aquella corpulenta mujer había dejado la PGR para transformarse en detective privado.

Le hizo una seña. La exjudicial se acercó entre las mesas, observando con atención los platillos servidos, anticipando lo que iba a pedir una vez que tuviera un mesero enfrente.

—¿Mijangos?

—¿Casasola?

Se dieron la mano. La mujer tenía la palma sudada, pegajosa; Casasola intentó retirar la suya con rapidez pero ella apretó con fuerza, enviando un primer mensaje: *aquí el control lo tengo yo.*

Andrea Mijangos tomó asiento y de inmediato cogió un pan de la canasta. Luego pidió una coca cola con nieve de vainilla. Casasola pensó en la salud de la mujer, en cómo sus hábitos alimenticios podrían afectarla, y decidió que estaba a salvo: ni siquiera la diabetes se atrevería a meterse con ella. Le habló de la desaparición de Dafne y de la Sociedad México Viejo; la exjudicial no perdía detalle de sus palabras, al tiempo que sorbía ruidosamente la malteada y masticaba el pan con la boca abierta.

Casasola terminó su resumen con un suspiro. Mijangos se quedó viendo el chocolate intacto. Señaló la taza con un índice del grosor de un puro y preguntó:

—¿Te lo vas a tomar?

—Todo tuyo.

La mujer bebió, pensativa. Cuando retiró la taza de su boca tenía un bigote de chocolate, que hacía juego con su rostro moreno. Miró a Casasola con ojos fríos y duros. La mujer estaba a punto de tomarse las cosas en serio.

—¿Crees en las casualidades? —dijo.

—No.

—Yo tampoco. Eres un pinche suertudo: trabajo en un caso relacionado con el tuyo.

Andrea Mijangos cogió el último pan que quedaba en la canasta y se puso de pie. Antes de marcharse dijo, con la boca llena:

—Pronto tendrás noticias.

Cruzó cinco de Mayo y se internó en el Callejón Condesa, con la intención de regresar al Museo Nacional de Arte. Como siempre le ocurría al pasar por ahí, se entretuvo curioseando entre los puestos de libros usados. La oferta ya no era como antes; ahora había muchas novedades, igual que en cualquier librería. Sin embargo, no perdía la esperanza de realizar un hallazgo. Casasola conocía a varias personas que se quejaban del contenido de las librerías de viejo, pues nunca hallaban el libro que buscaban. Estaban equivocadas: se escarbaba entre ejemplares antiguos no para localizar un libro específico sino para abandonarse al encuentro fortuito e inesperado. Y este ocurrió, mientras se abría paso entre la gente. En un puesto cercano divisó una figura familiar: un hombre alto y gordo, con chamarra de mezclilla. Se acercó discretamente, para asegurarse. Cuando lo vio mascar chicle con frenesí ya no le quedó duda.

Era Verduzco.

Para ser un Muerto Vivo se veía demasiado saludable. Recordó la explicación de Eugenio: eran *Encarnados*. Sintió un escalofrío. En verdad estos se camuflaban exitosamente entre la población.

Verduzco pagó por un viejo ejemplar de la revista *Alarma*; se sentó en una banca y comenzó a hojearlo. Casasola cogió cualquier libro, le pagó al encargado y fue a sentarse al lado de su antiguo colega.

Tras dejar pasar unos minutos, decidió abordarlo.

—¿Te gustan las revistas sangrientas? —preguntó—. Tengo más en mi casa…

—¿Quieres ligar? —Verduzco lo fulminó con la mirada—. Te advierto que no soy joto.

Casasola comprendió su estupidez y cambió de estrategia.

—¿En verdad no te acuerdas de mí?

—Ni madres.

Verduzco se levantó y, mientras señalaba con el índice el libro que Casasola sostenía en las manos, dijo:

—Yo no me junto con *mariscos*.

Hasta ese momento, Casasola se fijó en su compra: un manoseado ejemplar de *El vampiro de la colonia Roma*.

Su excolega se dio la media vuelta. Antes de que se alejara, Casasola le dijo:

—La Asesina de los Moteles.

Verduzco se detuvo. Giró la cabeza y le clavó otra de sus miradas penetrantes.

—¿Qué dijiste?

Casasola se puso de pie y lo encaró.

—La conociste en una *sex shop* muy cerca de aquí. Te llevó a un motel y, mientras cogían, te degolló.

Verduzco se llevó instintivamente una mano a la garganta y se la frotó, como si intentara aliviar una herida que no sanara.

—¿Eres un pinche vidente o qué chingados?

—No, ¿por qué lo dices?

Su excolega se había puesto pálido, como si comenzara a asumir su extraña condición de fantasma encarnado.

—Sueño con esa mujer todas las noches.

Las mesas del Bar Gante lucían solas y limpias; a su alrededor, las televisiones habían dejado de transmitir el partido de futbol en turno y ahora mostraban imágenes del noticiero de la noche. Sólo una permanecía ocupada, llena de botellas de cerveza vacías, de platos con restos de comida. Los meseros esperaban junto a la barra, aburridos y soñolientos, a que los últimos clientes tuvieran misericordia de ellos y se largaran por fin a otra parte.

Casasola empleó las horas que llevaba junto a Verduzco en explicarle que en realidad era un Muerto Vivo; incluso le enseñó en su teléfono celular una liga a internet que contenía una noticia:

ASESINA DE LOS MOTELES MATA A DESTACADO PERIODISTA

Le habló de su profesión, la que ejerció en vida, y que de alguna manera continuó en la muerte, mediante el Consejo de Periodistas de Nota Roja Muertos.

Su excolega permaneció imperturbable la mayor parte del tiempo; lo miraba de soslayo, cuidándose de mostrar emociones o gestos delatores en su rostro, como si estuviera disputando una partida de póquer. Pero en cuanto escuchó la mención del Consejo, exclamó:

—Me lleva la chingada.

Se cubrió el rostro con las manos y comenzó a sollozar. Casasola se quedó atónito: jamás hubiera esperado una reacción así de Verduzco, un tipo cínico, curtido. Aunque, claro, no todos los días venía alguien a revelarte que estabas muerto.

Segundos después, Verduzco retiró las manos; su rostro no mostraba huellas del llanto. ¿Había fingido? No, pensó Casasola. Así es como lloran los muertos: sin lágrimas, sin mocos.

Verduzco lo miró a los ojos.

—Comienzo a recordarlo todo —dijo.

—Tómate tu tiempo. Supongo que es como despertar de un largo sueño.

—Peor: es como estar crudo siempre, sin cura posible. Ahora entiendo las sensaciones de los últimos días. La comida y las bebidas te saben, incluso el sexo te sabe, pero nada te sacia.

—Son las ansias de vivir de los muertos —dijo Casasola, pensativo.

—No te pongas filósofo... Ahora recuerdo: tú te creías superior a los reporteros de nota roja porque leías muchos libros y habías trabajado en cultura. ¿Sigues igual de estirado?

—Supongo que no. Me han pasado algunas cosas...

Casasola se levantó la camisa y le mostró la cicatriz del costado. Verduzco lanzó un silbido.

—Vaya —dijo—, eso parece un piquete. Al fin te graduaste.

—Me gradué y me retiré: volví al periodismo cultural.

—Qué marica. Pero es mejor ser marica que un... Encarnado.

Casasola le hizo una seña al mesero para pedirle la cuenta.

—Hablando de Muertos Vivos —dijo—, tenemos que reunirnos con mi abuelo. Creo que es el líder del Consejo...

—¿El *Elegante* es tu abuelo?

—¿Así le dicen?

—A huevo, ¿no ves cómo se viste, el mamón? En el Más Allá es muy famoso porque se chingó a Porfirio Díaz.

—Y aquí nadie lo sabe, qué jodido.

—Lo sabes tú.

—¿Y eso qué? Yo no soy nadie.

Verduzco se puso de pie, cogió el resto de un taco dorado y se lo guardó en la bolsa de la chamarra.

—¿Nadie? —dijo— Cabrón, tú eres la Llave. Y te vamos a utilizar.

17

La oscuridad era ahora su casa. Aprendió a moverse como un ciego. Intuía cada forma, la distancia que había entre una y otra, y se sabía de memoria los pasos que debía dar para ir al baño o a la cocina. Jamás encendía la luz ni abría los ventanucos. Respiraba polvo; a veces, hasta sentía que lo *masticaba*. Max Siniestra vivía refugiado en el sótano en el que había acumulado los objetos de su colección que no le cabían en casa. El lugar era alquilado, aunque su nombre no aparecía en el contrato. Tomó esa precaución hacía tiempo. Tener rentas extra no ayudaba a la hora de regatear una compra. Muchos vendedores se tomaban la molestia de investigar a los clientes para saber qué precio colocar a una antigüedad.

Gracias a esa estrategia podía esconderse de sus actuales perseguidores. No lo veía como una derrota, sino como una pausa en la guerra que libraba contra los integrantes de México Viejo. Cuando lograra recuperar el libro y las voces estuvieran de nuevo a su lado, las cosas cambiarían.

Habitar en la penumbra tenía sus ventajas. No podía hacer otra cosa más que pensar. Y sus pensamientos aparecían en su mente con una nitidez insospechada. Podía ver las ideas brillar en la oscuridad como si fueran joyas. A veces tenían forma de estalactitas de hielo. Y goteaban. Otras, semejaban constelaciones, galaxias palpitantes que giraban con la paciencia de los siglos. Eran tan diáfanas y reales esas imágenes que a veces estiraba la mano para tocarlas; enseguida comprendía que no estaban fuera sino *dentro* de él. Que, por el momento, le estaba permitido sólo contemplar.

En el núcleo de esa noche cerrada en la que transcurría su cotidianidad, Max imploraba a las voces que volvieran. Les rezaba. Eran su Dios. Y ningún Dios desoía las plegarias de sus hijos más fieles.

Max resistía. Había aprendido a moverse como un ciego. O como un murciélago, según se viera.

Sumergido en esa oscuridad, embriagado por las imágenes centelleantes que desfilaban por su cabeza, Max ya no sabía distinguir el sueño de la vigilia. Como en este momento, en el que dormía soñando con glaciares fosforescentes que flotaban en un mar negro, transportando los signos de una antigua escritura congelados en su interior. Cuando se derritieran, lo sabía, esas figuras se transformarían en sonido: las ansiadas voces que al fin regresarían a sus oídos.

No morirás.
Sí morirás...

Pero las voces no llegaron, así como tampoco le llegó el sonido de la puerta del sótano al ser forzada con la delicadeza de manos expertas. Una sombra enorme apareció en el umbral. A pesar de su considerable volumen, se deslizó sobre el suelo con la ligereza de una bailarina.

Segundos después, una porra golpeó la cabeza a Max Siniestra para asegurar que su sueño no fuera interrumpido.

Eugenio continuaba sin nariz, pero la penumbra del Phone Bar era ideal para camuflar a un Encarnado incompleto. Sentados ante una de las pequeñas mesas circulares, el *Elegante*, Verduzco y Casasola comían cacahuates y bebían cerveza. El lugar, como de costumbre, estaba semivacío. En la televisión sin sonido, comentaristas deportivos discutían acaloradamente sobre la nueva derrota de la Selección Nacional. Al parecer, había indignación generalizada y el técnico en turno debía marcharse. El drama sin fin del Tricolor. Un recuadro en la esquina inferior derecha de la pantalla alertaba sobre una mega marcha que colapsaría la urbe. En las bocinas del bar sonaban Los Beatles: *I read the news today oh boy…*

Era Un Día en la Vida de la Ciudad de México, la ciudad de los vivos y de los muertos.

–Este lugar es fino –dijo Eugenio, mirando a su alrededor con desconfianza–, pero tiene un gran defecto: no venden pulque.

Verduzco se acabó su cerveza y pidió otra.

—Tampoco hay vacas ni potreros —dijo—. ¿Qué querías, *Elegante*? ¿Encontrar al Chalequero bebiendo en la barra? No exageres.

—Búrlate —replicó Eugenio—, pero pudo haber encarnado, como nosotros. ¿Por qué crees que los asesinos jamás se extinguen? Por lo que veo en los periódicos, surge uno tras otro, y sus crímenes son muy similares.

—Tú lo que quieres es que todo siga como en tu época. Por eso te hospedaste en este hotel y añoras a tu archienemigo.

—Ya párenle —Casasola interrumpió la discusión—. ¿Podemos comportarnos como adultos?

Miró a su abuelo: no sólo era extraño tenerlo enfrente sino también tratarlo como a un escuincle.

—Ya te traje a Verduzco —dijo—, ¿qué más quieres?

—Falta Quintana.

Casasola se puso de pie y dejó un billete sobre la mesa.

—Hasta aquí llegué. Adiós.

Verduzco lo cogió de un brazo.

—Espérate, cabrón. Si no solucionamos esto, de nada servirá que rescates a tu novia. Ya te lo explicamos mil veces.

—No veo que solucionemos nada —protestó Casasola—. Ustedes sólo quieren aprovechar el tiempo comiendo y bebiendo todo lo que se perdieron mientras estaban muertos.

Eugenio tenía un cacahuate entre los dedos y dudó unos segundos antes de metérselo a la boca.

—Sin Quintana no podemos hacer nada —aclaró—. El

Consejo de Periodistas de Nota Roja Muertos debe estar completo. Verduzco te ayudará a encontrarlo.

—No puedo —dijo Casasola—. Recibí una llamada importante y debo encontrarme con alguien.

Verduzco se bebió de un trago los restos de la cerveza de Casasola y se levantó.

—¿Tiene que ver con tu novia? —preguntó—. Mejor te acompaño, novato.

Eugenio hizo un gesto aprobatorio con la cabeza. Mientras sus acompañantes abandonaban el Phone Bar llamó al mesero y, señalando a las bocinas, interrogó:

—¿Tiene música de Juventino Rosas?

Al principio, Casasola pensó que se trataba de una broma. La detective Mijangos lo citó en el edificio abandonado que antes albergara al Tahití. Se plantó junto con Verduzco ante la puerta tapizada de sellos de CLAUSURADO; tocó cinco veces con los nudillos, hizo una pausa y luego volvió a tocar dos veces, siguiendo las instrucciones que le había dado la mujer. Mientras esperaban, se sintió incómodo. La gente pasaba y se les quedaba viendo con morbo, como si se tratara de dos *freaks* aficionados a colarse a lugares siniestros.

Si supieran, pensó Casasola, que me acompaña un Encarnado.

Verduzco contemplaba la fachada del Tahití con curiosidad, mientras los recuerdos venían a su cabeza.

—Aquí tuve una novia —dijo—. Se llamaba Esmeralda:

era venezolana y todo lo tenía grande, hasta las pestañas. ¿Por qué lo cerraron? Era un tugurio respetable.

—No es que cerraran el Tahití —aclaró Casasola—: clausuraron todos los *table dance* de la ciudad.

—Carajo, me muero unos años y mira lo que sucede.

La puerta se abrió de golpe. En el umbral apareció la robusta figura de Mijangos. Observó a Verduzco con desconfianza y le preguntó a Casasola:

—¿Este chango quién es?

—Mi socio.

La detective dudó unos segundos. Luego se hizo a un lado.

—Pásenle.

Los condujo a través de un pasillo oscuro, oloroso a humedad y orines, mientras alumbraba el camino con una linterna. Había escombros, basura acumulada. Una rata se cruzó frente a ellos; Mijangos la pateó con una de sus botas militares y el animal salió volando con un chillido escalofriante.

Desembocaron en la estancia principal, iluminada por los rayos del sol que se filtraban a través de los agujeros del techo. El Tahití aún conservaba el mobiliario; la mayoría de las mesas estaban arrinconadas, pero había otras esparcidas a lo largo del antro, rodeadas de sillas y con tragos a medio terminar. La barra tenía botellas en los anaqueles. A Casasola le dio la impresión de que el Tahití había sido abandonado en medio de una redada.

Verduzco pensaba diferente.

–Este lugar no está tan solito como parece –dijo–. ¿Quién lo utiliza?

–Me lo prestó un amigo de la PGR –respondió Mijangos–. Si te atreves a publicarlo, te castro: hiedes a periodista.

–Tranquila. Lo fui, pero me tomé un descanso.

–¿Año sabático? Qué huevón.

–Muerte Sabática, para ser exactos.

–¿Ahora eres humorista?

Casasola intervino para relajar la creciente tensión. Recordó la teoría de Santoyo y le preguntó a Mijangos:

–¿Usan el Tahití como casa de seguridad?

–Digamos que es la sala ideal para interrogatorios clandestinos.

Verduzco sonrió.

–Con tragos incluidos –dijo.

–¿Qué prefieres? –preguntó Mijangos, sardónica–. ¿Whisky con hepatitis o tequila con gonorrea?

Aquellos dos sacaban chispas. *I think this is the beginning of a beautiful friendship*, evocó Casasola.

Mijangos los llevó ante el escenario. Había un hombre sentado en el piso, con las manos amarradas al tubo que antes utilizaran las bailarinas. Tenía aspecto de dandy, aunque tanto su rostro como su ropa estaban manchados de sangre.

Casasola lo reconoció: era Max Siniestra.

El coleccionista los miró con desprecio. A pesar de tener la situación en contra, se sentía superior a sus captores. Mijangos lo señaló con un gesto de la mano.

—Es todo tuyo, *Casasolita* —dijo—. Si no contesta a tus preguntas, me traigo los tehuacanes.

—¿Vamos a brindar? —Max hizo una mueca que semejaba una sonrisa.

Mijangos le acercó su rostro prieto. Parecía hecho de piedra.

—Nosotros por la boca —dijo—. Tú por la nariz, pendejo.

Casasola se aproximó también y lanzó la primera pregunta:

—¿Por qué incendió la librería de Basilio Núñez?

Max Siniestra lo miró fijamente. No estaba meditando su respuesta: decidía si aquel ser insignificante merecía sus palabras.

—Jamás podrían entenderlo —dijo—. Es parte de un propósito que los rebasa.

Mijangos le soltó una bofetada. Esperó a que el coleccionista se recuperara y le enseñó una fotografía de Dafne.

—¿Qué hizo con esta mujer? —preguntó.

Max observó la imagen con auténtica curiosidad.

—Jamás la he visto —respondió—. No trato con mujerzuelas.

Verduzco alzó el puño pero Casasola lo detuvo. Había tratado antes con lunáticos; sabía que era mejor seguirles el juego. Entre una fantasía y otra, terminaban diciendo la verdad.

—¿Qué le hace pensar que no compartimos su propósito? —dijo, cambiando de estrategia—. Por algo lo trajimos aquí.

—¿Tienen el libro? —los ojos de Max brillaron con intensidad— De eso se trata, ¿verdad? ¿Cuánto quieren por él?

—Queremos información. ¿Por qué atacó a los miembros de México Viejo?

—Por el Santo Grial. Era mío y ellos me lo quitaron. ¿Dónde está? ¡Díganmelo! ¡Necesito las voces!

—¿De qué habla? —Verduzco no entendía nada— ¿Qué tienen que ver los Templarios?

El rostro de Max enrojeció y su boca escupió tanto insultos como saliva.

—¡Idiotas! ¡Ignorantes! ¡Los mataré a todos!

Mijangos se acercó a Verduzco y Casasola.

—Este tipo está chiflado —dijo—. Perdemos el tiempo y tengo otros clientes esperando para verlo.

Verduzco miró a Casasola.

—No le veo mucho caso —dijo—. Mejor vámonos.

Casasola asintió. Tenía el estómago revuelto, quería respirar aire fresco

Mijangos los acompañó a la puerta. Mientras se alejaban, los gritos de Max Siniestra se convirtieron en súplica:

—¡Las voces! ¡Devuélvanmelas!

Los hermanos Escamilla entraron después. Vieron a su rival amarrado, con el traje roto y sucio. Lo tenían, por fin, a sus pies. No necesitaban hablar con él: habían escuchado, desde un cuarto contiguo, el interrogatorio.

Max Siniestra, el hombre que buscaba destruir a México Viejo, que se autoproclamó el Nuevo Orden, estaba fuera de combate, vencido por sus demonios internos.

—¿Quieren que lo torture? —preguntó Mijangos.

—No —respondió Ricardo—. Eso es demasiado vulgar para nosotros.

—¿Tons? ¿Lo mato?

Roque hizo un gesto de desdén.

—Que sufra de verdad —dijo—. Entrégalo a la policía.

18

Artemio desempolvó sus libros de historia de México y se puso a leer sobre el siglo XVIII. Memorizó las costumbres, la manera de hablar, los sucesos más importantes. Después fue con un sastre y le encargó un atuendo acorde con la época. Sacó sus ahorros; compró oro para poder comerciar en el Otro Lado. Necesitaba una casa, utensilios, alimentos.

Utilizó el portal para explorar la Ciudad Antigua en numerosas ocasiones antes de establecerse. Descubrió que, cada vez que lo cruzaba, desembocaba en una fecha concreta: 4 de marzo de 1768. Por los libros de historia sabía que, justo un mes después, ocurría en la urbe un terremoto devastador. Artemio tomaba sus precauciones: revisaba el calendario de manera constante, y siempre regresaba a la Ciudad Moderna el 3 de abril. Las crónicas hablaban de destrucción y muerte. No quería ser parte de ello.

Durante sus lecturas puso especial atención a todo lo referente al Tribunal del Santo Oficio. La manera en que se organizaba, los Autos de Fe, las cárceles secretas. Comprendió que era una institución vulnerable, fácil de corromper. Le interesaba infiltrarse en ella por una razón: quería tener acceso a los libros prohibidos. A las joyas que podía robar para vender en la Ciudad Moderna en una fortuna.

Los años pasaron. Artemio repartió oro. Sobornó a inquisidores, abogados, alguaciles y, sobre todo, a los esclavos, parte fundamental del entramado del Santo Oficio, pues se metían, literalmente, hasta la cocina.

Así fue como logró llegar al despacho de Toribio Medina, el ciego que custodiaba los libros prohibidos por la Inquisición. A pesar de vivir en las sombras, era un joven amable, diligente, que sabía de memoria los títulos de los ejemplares malditos y su localización. Artemio comenzó a pasar muchas horas en su compañía, consultando textos únicos, algunos de ellos considerados leyendas, temblando por la emoción de sostenerlos entre sus manos. Tenía varios candidatos a sustraer; el problema era cómo sacarlos sin que Toribio se diera cuenta. Porque aquel muchacho era ciego, pero no imbécil. Muchas veces anticipaba sus movimientos: le alcanzaba el tazón con champurrado cuando Artemio estiraba la mano para cogerlo, como si en realidad pudiera ver. Siempre sabía en qué parte del despacho se encontraba, aunque se moviera de un sitio a otro con el mayor sigilo. Lo que más le inquietaba era la certeza de que Toribio sospechaba de sus intenciones. Decidió no precipitarse y esperar el momento adecuado para extraer los libros que le interesaban.

Artemio vivió entre la Ciudad Antigua y la Moderna, moviéndose con cautela, consciente de que cualquier error podía arruinarlo e incluso llevarlo a la hoguera. Hasta que sucedió algo inexplicable: escuchó voces procedentes de un volumen en el despacho de Toribio, un coro infernal que lo llamaba por su nombre. La fiebre se apoderó de él y no dudó más: debía hacerse con ese libro cuanto antes. No lo vendería a sus clientes; lo pondría bajo su almohada para poder escuchar los mensajes incluso en sueños.

Toribio le clavó sus pupilas lechosas, como si le advirtiera que no iba a permitir tal hurto. Y Artemio pensó: te mataré si es necesario.

* * *

Casasola dormía poco esos días, y al despertar no recordaba sus sueños. Pero aquella madrugada tuvo uno particularmente intenso. Abrió los ojos en el silencio de su habitación, se llevó la mano a la ingle y notó los calzones mojadoss. Como si fuera un adolescente, acababa de experimentar un sueño húmedo, con eyaculación incluida.

Las imágenes y las sensaciones aún estaban en su mente, en su cuerpo. Sentía un placer culpable, pues la mujer con la que soñó no era Dafne. Mientras su novia estaba desaparecida, él fantaseaba con otra persona.

La escena había sido en extremo real. Aún podía percibir el aroma de aquel cuerpo. Un olor a velas e incienso.

¿Podía un sueño ser tan... *concreto*?

La mujer estaba en su cama, encima de él. ¿Seguía soñando? Evocarlo era como si volviera a ocurrir.

Estiró las manos para tocarla. Su piel parecía de seda. No: la extraña vestía un camisón. Deslizó las manos por debajo de la prenda, pero ella las cogió con fuerza, colocándolas sobre la cama, a los lados de su cabeza. Había evitado el contacto y, a la vez, lo dominaba.

—¿Por qué no me dejas tocarte? —preguntó Casasola, con creciente excitación.

Ella respondió empujando las caderas. Casasola podía sentí su sexo incrustado en ella; sus profundidades desprendían un calor intensó, quemante, como si se hubiera lubricado con cera derretida.

La mujer depositó los labios sobre su frente. Aquel beso, casi maternal, aumentó la excitación de Casasola, llevándolo al orgasmo. Después ella buscó su boca; le mordió los labios, succionó su lengua.

Al desprenderse, dijo:

—La boca es lo único que no envejece.

La extraña se incorporó. Las luces de un coche que pasaba entraron por la ventana, iluminándole fugazmente el rostro.

En la penumbra, Casasola pudo ver que Daniela lo miraba con el rostro de una anciana.

Los Encarnados tenían un olor peculiar. Un olor a embutido, mezcla de grasa y carne procesada. A Verduzco le fue fácil seguir el rastro de Quintana. Recorrió las cantinas del Centro, olfateando como un perro de caza. Al final lo encontró en el Salón Madrid, situado frente a la plaza de Santo Domingo, comiendo una torta.

El sitio, que con la Faena se disputaba el dudoso honor de ser la cantina más decrépita del Centro, era ideal para el encuentro entre dos Muertos Vivos, pues todo evocaba un pasado mejor: el tapiz desprendido de las paredes, los muebles de madera hinchada y cuero roto, la rocola desvencijada e incluso los diplomas de los muchachos que habían estudiado décadas atrás en la Antigua Escuela de Medicina, y que colgaban de clavos, no se sabía si como agradecimiento al lugar que alivió sus desvelos o como empeños de cuentas por pagar.

Lo que remitía a su insostenible presente era la pestilencia a orines que se desprendía de los baños.

Verduzco se sentó en el reservado donde estaba Quintana, rodeado de cervezas recién destapadas. Parecía que el mesero le acabara de anunciar que la barra cerraría y que había llegado el momento de pedir una última ronda.

Pero era la una de la tarde. El Salón Madrid apenas abría.

Quintana masticaba su torta con delectación e ignoró la presencia de su acompañante.

—La carne de esa torta está más podrida que tú —dijo Verduzco.

Quintana alzó los ojos.

—Lárgate —dijo—. No quiero comprar nada.

—¿Así tratas a un colega?

—Ya estoy titulado, tengo pasaporte, visa a todos los países del mundo, licencia para conducir autobuses, tráileres y aviones. Y credencial de elector. Esfúmate.

Verduzco comprendió que lo confundía con los vendedores de documentos falsos que abundaban en la zona.

—No seas idiota —dijo—. A Eugenio no le creció la nariz, pero tú encarnaste sin cerebro.

—¿Eugenio? —Quintana dejó la torta—. Como que me suena... ¿Es un cantinero?

—Es nuestro jefe. El Presidente del Consejo de Periodistas de Nota Roja Muertos. Y nos requiere de inmediato.

—Yo no soy periodista. Y mucho menos estoy muer...

Quintana enmudeció. Tomó una cerveza y la bebió de un trago. Después la alejó de su boca y observó la botella.

—Ay, cabrón —dijo—. Por eso estas chingaderas ya no me empedan.

—Ni esa torta puede matarte.

—¿El jefe, dices? ¿Sin nariz? Suena grave.

Quintana se llevó las manos al rostro y lo palpó con detenimiento. Luego bajó los dedos y se tocó la entrepierna por encima del pantalón.

Sonrió, aliviado.

—Por suerte yo sí vine completito.

La vieja calle de Donceles.

Territorio de leyendas, fantasmas y *sucedidos*. En ella embalsamaron por segunda vez el cadáver de Maximiliano. Allí, entre los muros de una casona ya desaparecida, se encontraron los cuerpos de Joaquín Dongo y su familia, salvajemente asesinados. Una placa daba cuenta del hecho, frente al edificio donde vivía Casasola. Donceles parecía conjugar la esencia del Centro Histórico, con su mezcla de historia, lugares antiguos y changarros que vendían todo tipo de cosas: comida corrida, libros usados, equipo fotográfico, memorabilia militar, repostería libanesa. La calle resguardaba incluso la cabeza rota de la Victoria Alada, el ángel caído durante el terremoto de 1957.

Donceles, el lugar que se había tragado a Dafne.

Por ahí caminaba ahora Casasola, en compañía de Mercurio, un librero que conocía la historia de las librerías de viejo de la zona y que poseía algunas en el perímetro donde Dafne desapareció. Se metieron en la cafetería Río y charlaron largamente. Casasola lo puso al tanto de su situación, de sus últimos descubrimientos. En particular le intrigaba la mención de Max Siniestra a un libro que llamó "el Santo Grial".

Mercurio le dio un sorbo a su expreso y se acomodó los lentes.

—Es una leyenda tan antigua como la ciudad —dijo—. Muchos libreros viven obsesionados con ella. Se trata del diario de Blas Botello, el astrólogo de Cortés; un libro que se perdió en la Noche Triste y que supuestamente puede predecir el futuro. Hay diversas crónicas que afirman su existencia, pero nadie lo ha visto nunca.

—¿Podría alguien matar por él? —preguntó Casasola.

—Al parecer, es lo que hizo Max Siniestra.

—¿Tanto vale?

—Mucho, pero no dinero. No le puedes poner precio a un objeto como ese. Para un coleccionista de libros viejos representa el trofeo máximo; de ahí su mote. Es una quimera, en realidad. No creo que exista. Su leyenda procede de la "esquina maldita".

—Guatemala y Argentina…

—El lugar donde estaban las casas de los Ávila, posteriormente la de Melchor Pérez y Soto, y la antigua Librería Robredo. Todas fueron destruidas.

—Allí también apareció la Coyolxauhqui.

—Algunos atribuyen la suerte del lugar a una maldición de los antiguos dioses.

Casasola miró su chocolate. Estaba intacto. Deseaba con intensidad una cerveza.

—¿Tú crees en eso? —preguntó.

—La leyenda tiene todo: historia, superstición, obsesión. Un coctel muy poderoso. ¿La creo literalmente? No. Pero algo posee esa esquina, no puede ser casualidad todo lo que ha pasado en ella.

—En esta ciudad nada es casualidad.

Mercurio se acabó su bebida y se quedó contemplando los asientos del café, como si contuvieran un mensaje cifrado.

—Tu novia —dijo— desapareció en una librería de esta calle… Tengo un dato que tal vez te puede servir.

Salieron a Donceles y cruzaron Brasil. Se detuvieron frente a la librería Inframundo, que estaba cerrada.

—Hace días —Mercurio habló en voz baja— que esta librería no abre, y tampoco he visto a su propietario, un sujeto bastante peculiar. Nunca antes la había cerrado tanto tiempo, y dudo que esté de vacaciones: su vida es este sitio. No sé si eso signifique algo, pero quería decírtelo...

Casasola contempló el logotipo, pintado en rojo sobre la cortina de metal, y le dio mala espina: dos diablos alados sosteniendo libros.

Ahora la cita fue en el atrio de Catedral. En cuanto vio llegar a Daniela, Casasola comprendió que había sido una mala idea volver a reunirse con ella fuera del tarot. Tras el sueño de la otra noche, le costó trabajo mirarla a los ojos; se sentía incómodo, avergonzado. El malestar se acentuó por la manera en que Daniela le sonrió, con una mezcla de complicidad e intimidad. Parecía que conocía su sueño y sabía que era deseada.

A pesar de que hacía calor, Daniela estaba muy tapada; vestía un abrigo largo y llevaba una mascada alrededor del cuello. Sus manos no abandonaban las bolsas del abrigo. Una actitud que le recordaba a la de su abuelo, siempre escondiendo su cuerpo incompleto.

Daniela lo llevó al interior de la Catedral. Lo condujo por un pasillo lateral hasta una hilera de bancas de madera. Allí le mostró el objeto que colgaba desde una de las cúpulas hasta casi tocar el suelo: un enorme péndulo de metal. Bajo este se veía una loza con inscripciones que registraban el hundimiento de la Catedral con el paso de los años, y la manera en que se había ido corrigiendo.

Molesto, Casasola se adelantó a la explicación de Daniela:

—Esto no es ninguna novedad. La Catedral se hunde porque está construida sobre pirámides. Pero eso no significa que *toda* la ciudad naufrague.

Daniela le lanzó una mirada reprobatoria.

—No hay mayor prueba que esto. Mira las fechas: el fenómeno tiene años sucediendo. Por más que intentan enderezarla, no lo consiguen del todo. Siente el espacio, su inclinación. ¿No te das cuenta? Estar aquí es como estar dentro de la Casa del Tío Chueco... A esta ciudad le pesan sus muertos, y no es metáfora.

Casasola tuvo una visión fugaz de su sueño con Daniela: la manera maternal con que besó su frente, y su rostro envejecido —uno que no podía ser el de ella— iluminado por los faros de un coche. Sintió un frío repentino y profundo, que parecía emanar de sus propios huesos. Se subió el cierre de la chamarra, pero de nada sirvió.

—Está helando —dijo—. Mejor vámonos.

Dio media vuelta y caminó unos pasos rumbo a la salida. Al pasar frente al coro algo llamó su atención; se detuvo a mirar los ángeles de madera que adornaban la parte inferior de los balcones. Semejaban mascarones de proa de un navío extraviado.

De un barco que se hundía.

Tal vez la ciudad se estaba yendo al caño por culpa de los Encarnados. Tal vez...

Sintió una sombra detrás de él. La respiración de Daniela cerca de su cuello, expectante.

...todo fuera verdad, y él podía hacer algo. Pero primero debía salir de allí y alejarse de aquella mujer que lo perseguía hasta en sueños.

19

La bestia estaba domada. A Leandro le había costado mucho trabajo, pero ahora la mujer era dócil. No hablaba, no protestaba y, lo más importante, ya no intentaba escapar. Incluso se comía íntegros los potajes que le preparaba, llevándose el contenido a la boca con cucharadas mecánicas. En realidad, más que dócil, parecía *ida*. Permanecía junto a la ventana –que Leandro finalmente abrió– mirado a la calle, con una sonrisa idiota en el rostro.

Como la novedad del sexo había pasado, decidió sacarla a la calle. Quería pasearse con aquella mujer que, a pesar de las circunstancias, aún conservaba su belleza. En el mercado del Parián cambió un candelabro de plata que su padre tenía en la casa por ropa. Le ayudó a vestirse y a calzarse, como a una niña pequeña. Ella se dejó hacer sin remilgos e incluso lo tomó del brazo cuando salieron a caminar.

A Leandro le gustaba más la Ciudad Antigua, con sus puertas falsas que daban a las acequias. Las campanas de Catedral sonaban a toda hora, dando distintos mensajes.

Los volcanes nevados presidían el paisaje, sin la nata de contaminación que los ocultaba en la Ciudad Moderna. En las lagunas cercanas nadaban patos. El paseo de la Alameda tenía puentes y los carruajes los cruzaban. Los habitantes usaban gorros blancos y fumaban sin parar en donde fuera. Y, sobre todo, aquí nadie sabía quiénes eran ellos. Leandro podía presumir a su *conquista* sin ponerse en riesgo.

Esa extraña felicidad que llegaba por primera vez a su vida hizo, sin embargo, que no previera una cuestión importante. En un principio, los vecinos tacharon a su acompañante de lunática; conforme los paseos aumentaron, la percepción cambió. El responsable era el mechón de pelo azul que la mujer aún conservaba en el cabello.

La gente miraba, sorprendida. Las habladurías comenzaron. Rápidamente se extendieron de casa en casa, de barrio en barrio, hasta que llegaron a oídos de los inquisidores.

Un rumor peligroso: aquella mujer era una bruja.

* * *

En la penumbra del tarot de Daniela, los cinco aliados se juntaron por primera vez. La luz de las velas los igualaba; Casasola pensó que en realidad evidenciaba lo que eran: sombras de fantasmas. Incluido él. Muertos Vivos o Encarnados, daba lo mismo: se trataba de espectros. Casasola era uno de ellos. Lo había sido desde el remoto día en que comenzó a soñar con el Hombre Detrás de las

Cortinas. A partir de entonces vivía entre dos mundos, acompañado tanto por muertos como por vivos.

El Consejo de Periodistas de Nota Roja Muertos sesionaba por primera y única vez en el territorio de los vivos. Un suceso histórico del que nadie tendría noticia.

—Por fin estamos completos —dijo Eugenio—. Debemos actuar cuánto antes.

—Tenemos la Llave —agregó Daniela—. Y también el lugar.

Casasola sabía que se refería a él.

—¿Podrían llamarme por mi nombre? —protestó— Es incómodo.

—No te pongas sentimental —interrumpió Quintana—. Son términos del Otro Mundo.

Verduzco le dio una palmada en la espalda.

—Si quieres te decimos *Llavesola*.

Eugenio impuso orden con un gesto de la mano. Luego se dirigió a su nieto:

—Como sabes, tu don, o maldición, según se vea, de comunicarte con los muertos proviene del hecho de que yo me acosté con un espíritu a través del cuerpo de una viva. Eso no sólo propició tu don, sino que abrió una puerta por la que se han estado filtrando los Encarnados. Si te decimos *Llave* es porque sólo alguien que se mueve entre los dos mundos puede cerrarla.

—¿Y qué tengo que hacer? —preguntó Casasola.

Eugenio lo ignoró y se dirigió a Daniela:

—¿Hiciste el primer *contacto*?

—Sí. La respuesta fue positiva.

Luego preguntó a Verduzco:

—¿Te entregaron las llaves del departamento?

—Vengo de recogerlas.

Y a Quintana:

—¿Conseguiste la colchoneta?

—Sí. Es cómoda y caben dos.

Casasola alzó la voz, molesto:

—¡Qué tengo que hacer, carajo!

Eugenio dudó. No encontraba las palabras adecuadas.

—Te sonará un poco extraño —dijo—, pero... Tienes que repetir lo que yo hice hace más de un siglo, con la misma persona, en el mismo lugar.

—Es imposible —se quejó Casasola.

Daniela le tocó la mano.

—Sabes que no...

Las imágenes de la otra noche vinieron al cuerpo de Casasola como un latigazo. Se levantó de golpe, tirando la silla.

—Están locos.

Quintana alzó la silla. Verduzco cogió a Casasola de los hombros y lo sentó con suavidad.

—Tranquilo —dijo—. Nada de esto puede ser lo suficientemente raro para ti.

—Claro que es posible —explicó Eugenio—. La Castañeda ya no existe, pero ningún lugar, y mucho menos uno como ese, abandona el espacio que ocupó. Rentamos un departamento en las Torres de Mixcoac. Allí te acostarás con...

Casasola conocía la respuesta. Miró a la médium.

—*Danielle* —dijo.

La mujer se ruborizó.

—Disculpa que me comportara como un súcubo —dijo—. Pero tenía que asegurarme de que me deseas. Sin deseo el ritual no surte efecto.

Casasola se llevó las manos al rostro, incrédulo.

—Esto es una broma, ¿verdad?

Eugenio lo miró con seriedad.

—Si repites lo que yo hice —dijo— cerrarás la puerta. Y perderás tu don.

—¿Y qué pasará con ustedes?

—Regresaremos al lugar del que vinimos.

Casasola asintió.

—Lo haremos —dijo—. Pero antes necesito de su ayuda.

Les contó su plan. Tenían que allanar una librería.

A las cuatro de la mañana, tres sombras se deslizaron por la calle de Donceles. Una se colocó en la esquina del cruce con Brasil y permaneció vigilante; las otras dos se detuvieron frente a la cortina metálica de un negocio. Manos acostumbradas a forzar cerrojos trabajaron con rapidez. La zona parecía desierta a esa hora, pero el viejo Centro nunca descansaba. Un barrendero proveniente del Zócalo se aproximó empujando su carrito. Verduzco se adelantó y lo entretuvo pidiéndole un cigarro. El hombre de la basura se puso a charlar sin sospechar que lo hacía con un visitante del Otro Mundo. Si alguien se lo hubiera dicho, no se habría sorprendido: un barrendero nocturno del Centro Histórico estaba en constante contacto con situaciones inverosímiles. Hablar con un Encarnado era tan sólo una más.

La puerta de la librería Inframundo se abrió. Las dos figuras entraron, cerrando tras de sí. Un par de linternas se encendieron, iluminando el interior. El polvo y la humedad abundaban, dándole al lugar la apariencia de una catacumba. Los libreros semejaban criptas, con los nombres de los muertos escritos en los lomos de los ejemplares. Allí descansaban los restos de centenares de autores olvidados; un mausoleo consagrado a la futilidad de la literatura.

—No te conocía esas mañas —dijo Casasola, urgido de romper aquel silencio mortuorio—. Abriste la puerta como un ladrón consumado.

—Aprendí con los *judas* —la sonrisa de Quintana no se distinguió en la penumbra—. ¿Cómo crees que se consiguen exclusivas? Hay que llegar primero que nadie al lugar de los hechos; si es necesario, forzar candados, brincar bardas, patear puertas.

—Lo dices con nostalgia.

—¿Nostalgia? No mames: mataría por volverlo a hacer.

—¿Y no lo estás haciendo ahora?

—No es lo mismo. Esa es la tragedia de los Encarnados: nada vuelve a saber igual.

—¿Y entonces por qué están invadiendo nuestro mundo?

—Porque las ganas de volver a vivir son muy cabronas.

Los dos se movían por la librería con cautela, buscando; sus sombras alargadas parecían querer adelantarse al posible hallazgo.

—Cuando cerremos la puerta por la que se están filtrando los Encarnados —dijo Casasola—, ¿te quedarás entre los vivos?

—No: mi lugar es con el Consejo de Periodistas de Nota Roja Muertos.

Casasola aprovechó para realizar otra pregunta que lo intrigaba desde hacía tiempo:

—¿Y qué hacen allá, en el Otro Mundo?

Quintana no respondió. Se agachó, tomó algo entre los dedos y lo iluminó con la linterna.

Un arete.

Casasola se estremeció al reconocer el objeto: se trataba de un arete oaxaqueño, de color dorado; parte del par que le había comprado a Dafne en un bazar de Coyoacán.

Iba a decir "estuvo aquí", pero no pudo. Frente a él surgieron unas pupilas centelleantes. Lo miraron en la oscuridad con una fosforescencia que intimidaba.

El departamento de las Torres de Mixcoac era pequeño, tenía un solo cuarto, pero no necesitaban más. Eugenio arrastró la colchoneta hasta la habitación y le colocó una colcha encima. Danielle puso velas alrededor y una vara de incienso.

—¿Para qué pones todo eso, mujer? —preguntó Eugenio— No estamos en tu sótano.

—Los detalles son importantes —respondió Danielle—. Una atmósfera adecuada ayuda.

—Mejor enciende la luz. A los hombres nos gusta ver.

—No creo que a tu nieto le agrade lo que hay debajo de mi ropa.

—Los años no han podido contigo.

—¿Años? Vaya eufemismo.

—Años o un siglo, no importa: sigues siendo hermosa.

Se sentaron en la colchoneta y permanecieron en silencio unos minutos. Eugenio miraba hacia la ventana sin cortinas. Las otras torres se alzaban como monolitos de ladrillo, sobre el terreno en el que alguna vez estuviera el manicomio de la Castañeda.

—¿Crees que funcione? —preguntó.

—Hay que intentarlo. No tenemos opción.

Eugenio tomó la mano de Danielle.

—Nunca te agradecí lo que hiciste por mí —dijo—. Me permitiste estar una vez más con Murcia y me ayudaste a vengarme de mi asesino.

—Vencimos al Dictador. Pero de nada sirvió: este país sigue igual o peor.

—Tienes razón. Todo lo que he visto desde mi regreso me parece terrible. Qué ironía: lo único más jodido que morir es revivir, ¿cierto?

Danielle sonrió. Era una sonrisa triste.

—Ustedes volverán a morir —dijo—. Ya quisiera yo esa suerte.

El gato maulló en la penumbra. Dio un salto, cayó sobre una pila de revistas y se escurrió hacia el piso de la librería, alejándose con rapidez. Casasola suspiró, aliviado de que fuera un animal y no otra cosa. Le picaban los ojos y la garganta. El polvo comenzaba a afectarlo. ¿Cuánto tiempo llevaban ahí? Parecía una eternidad.

Quintana le volvió a mostrar el arete.

—¿Es de tu novia? —preguntó.

—Sí.

—Entonces vamos bien.

Le hizo una seña a Casasola para que lo siguiera. Se internaron en el laberinto de libros, hasta que encontraron la puerta de la bodega. Estaba abierta y de ella salía un olor aún más asfixiante.

Minutos después, Casasola estaba parado frente al arco que señalaba el portal. No sabía lo que era, pero su densa oscuridad lo llamó.

Cuando Quintana volteó, su compañero había desaparecido.

20

La nota roja le proporcionó la idea. Artemio leyó en un periódico acerca de la técnica empleada por algunas prostitutas del Centro: utilizaban gotas oftalmológicas que vertían en las bebidas de sus clientes para intoxicarlos y robarles sus pertenencias. Les llamaban "Goteras". Conectaban a sus víctimas en los bares de Garibaldi, tras ofrecerles un precio muy bajo por sus servicios; luego consumaban el atraco en hoteluchos de sábanas tan rancias como tiesas.

Artemio compró las gotas en una farmacia y las llevó consigo a la Ciudad Antigua. A pesar de la urgencia que le provocaban las voces esperó con paciencia el momento adecuado. En su estado enfebrecido no se dio cuenta de que Toribio actuaba de manera extraña.

Un día, el ciego le dijo:

—La tierra se sacudirá. Habrá muerte y destrucción.

Artemio consultó el calendario: el 4 de abril se aproximaba. ¿Cómo podía saber el muchacho acerca del cataclismo? ¿Acaso también provenía de la Ciudad Moderna?

La paranoia se apoderó de él, orillándolo a ejecutar su plan de inmediato. Le pidió a un esclavo que llevara dos tazas de champurrado al despacho de Toribio. El joven aceptó la bebida, complacido: era adicto, como todo el mundo en la Ciudad Antigua, a los efectos estimulantes del cacao.

Vertió las gotas en el champurrado y esperó a que Toribio lo bebiera. El bibliotecario se quedó callado e inclinó la cabeza hacia atrás. Artemio debió asegurarse primero, pues el joven tenía los ojos abiertos y en su mirada ciega no era fácil adivinar si dormía o estaba despierto.

O muerto.

Entonces ya no pudo contenerse. Tomó el libro, lo metió bajo sus ropas y abandonó el Palacio de la Inquisición para no volver jamás.

Nervioso, Artemio cruzó la plaza de Santo Domingo y se dirigió al callejón. Con paso apresurado, siempre mirando por encima de su hombro, atravesó el portal, sin sospechar que su acto causaba una paradoja de tiempo.

En la Ciudad Moderna, el libro de Blas Botello se esfumó de la biblioteca de Max Siniestra sin dejar huella.

CUARTA PARTE
El Inframundo y la Ciudad Antigua

21

Era la misma ciudad, y a la vez, otra.

Escondido en un zaguán, Casasola observaba pasar a la gente, los perros famélicos, los carruajes. El aire era más transparente, pero las calles eran más sucias. Cerca de donde estaba, un grupo de trabajadores arrojaba palas de tierra al interior de una acequia. Cuando terminaron de rellenarla, comenzaron a demoler el puente que la cruzaba.

En las calles atestadas vio negros, mulatos, albinos. Indios descalzos que vendían zapatos. La basura se acumulaba en las puertas de las casas y parecía parte natural del paisaje. En el suelo encontró un periódico olvidado. La fecha le produjo un vuelco en el estómago.

Casasola se escurrió de vuelta al portal. En algún lugar de aquella ciudad que desafiaba a la razón, se encontraba Dafne. No sabía por dónde empezaría a buscar. Lo único cierto era que regresaría en cuanto pudiera. Antes tenía otra misión: evitar que la Ciudad de México se hundiera con el peso de los Encarnados.

Reunidos en la penumbra de las velas, los cinco cómplices ultimaban detalles en el departamento de las Torres de Mixcoac. El pronóstico era reservado. No sabían exactamente qué ocurriría, ni si en verdad el ritual funcionaría. Danielle y Casasola debían entregarse a lo suyo, mientras los demás esperarían afuera del cuarto.

—Entiendo que puede ser incómodo —dijo Eugenio—, pero no podemos irnos más lejos. Debemos estar cerca, listos para intervenir.

—Que quede claro —dijo Verduzco— que eso será una vez que accedamos al Inframundo. Antes no pensamos ayudarlos con nada.

—Grosero —dijo Danielle, con un mohín de fingida molestia.

Casasola se sentía más ansioso que incómodo.

—Apurémonos —dijo—. Ya sé dónde puede estar Dafne y necesito ir a buscarla.

—¿Seguro? —Quintana lo miró, preocupado— Una vez que se cierre la puerta ya no podremos ayudarte.

Casasola asintió.

—Siempre he tenido la ayuda de alguien: el Griego, la policía o ustedes. Ya es tiempo de que resuelva las cosas por mi cuenta.

Eugenio sacó una botella de vino. Estaba descorchada. Dirigiéndose a la médium y a su nieto, dijo:

—Esto es para ustedes. Beban rápido y relájense.

Hizo una pausa y alzó la botella.

—A la salud del Inframundo.

Estaban desnudos, tendidos en la colchoneta. La botella de vino descansaba sobre el suelo, vacía, pero el alcohol no surtió efecto. Casasola miraba el techo, con una mezcla de vergüenza y frustración. La culpa no la tenían sus amigos que aguardaban, impacientes, a que tuviera una erección. Tampoco Danielle. Aunque no podía distinguir con claridad su cuerpo en la penumbra, sintió su coño húmedo, los pezones duros, erectos. ¿Qué estaba fallando? ¿Tenía que ver con Dafne? No la engañaba, pues se trataba más de una misión que de un acostón por placer. El futuro de la ciudad estaba en juego. Casasola comprendió: ese era justo el problema. Siempre que tenía sexo, sentía presión ante la expectativa de complacer a su pareja. Ahora, la expectativa se elevaba de manera inverosímil, pues percibía las miradas de todos los habitantes de la ciudad sobre él.

Absurdo, ridículo, pero cierto: mientras tocaba a Danielle escuchaba esas voces diciendo "sálvanos". Era como intentar coger en el centro de la cancha de un estadio abarrotado de gente...

—¿Recuerdas cómo perdiste la virginidad? —Danielle lo distrajo de sus pensamientos.

Casasola retrocedió en el tiempo, aliviado. Cualquier lugar parecía mejor que ese departamento en las Torres de Mixcoac.

—Fue en el mar —respondió—. En un cuarto de hotel.

—¿Y qué tal?

—Nada memorable, duró poco. Bueno, sí: fue la primera vez que hice un *cunnilingus*. El sabor ácido y quemante de la vagina se quedó en mi lengua. No me lavé la boca en días para prolongar la sensación.

—Qué rico. Un pene no sabe tan fuerte. Lo que excita es sentir algo enorme en la boca.

—¿Y qué es lo que sabe más fuerte en un hombre? ¿El semen?

—El ano.

—El ano de las mujeres sabe a manzana.

Ya no miraban el techo. Se observaban al hablar, con los cuerpos de costado. Danielle continuó:

—A esa mujer a la que le hiciste tu primer *cunnilingus*, ¿la besaste después en la boca?

—Sí. Quería que se probara a sí misma.

—Un beso entre seis pares de labios.

—Era como tener su sexo entre su boca y mi boca.

—Tienes buena memoria.

—¿Cómo iba a olvidarlo? Fue la…

Danielle interrumpió:

—No me refiero a tu mente. Mírate.

Casasola tenía una erección. Danielle apretó la base del pene y la cabeza se hinchó de sangre. Sonrió, complacida. Luego se inclinó, mientras ordenaba:

—Calla y observa.

El Inframundo lo recibió con las puertas abiertas. Casasola no supo cómo ocurrió. Se había dormido, exhausto y sudoroso, con la cabeza recostada sobre el cuerpo de Danielle. Una corriente de aire frío lo despertó. Le dolía el cuello, la nuca. De momento lo atribuyó a la cama improvisada, pero se dio cuenta de que lo que había bajo su cuerpo desnudo no era una colchoneta. Tampoco la duela del departamento. Era tierra húmeda. Estiró una mano en la oscuridad: la médium no estaba a su lado.

—¿Danielle? —llamó.

La única respuesta fue el eco de su voz. Pronunció el nombre de sus demás compañeros con igual resultado. ¿A dónde se habían largado? Tanteó en busca de su ropa, sin encontrarla. Una mezcla de enojo y miedo se apoderó de él. Se sentía vulnerable, desorientado. Tenía que moverse.

Se incorporó. A lo lejos vio un resplandor azulado. Decidió caminar hacia él. Conforme se acercaba, distinguió que las paredes del lugar eran cóncavas e irregulares. Se acercó a tocarlas: estaban hechas de roca musgosa. Comprendió, con sorpresa, que se encontraba dentro de una caverna.

La luz aumentó. Parecía venir de una enorme hoguera. Casasola continuó aproximándose. Comenzó a tiritar de frío. Se abrazó a sí mismo, frotándose los brazos, en un intento por controlar su temperatura. De una cosa estaba seguro: si aquello era fuego, no despedía calor.

Cada vez le costaba más trabajo caminar. Sentía los músculos de las piernas engarrotados y le dolía el pecho al respirar el aire gélido. Podía ver el vaho que salía de su boca en grandes cantidades. El piso no ayudaba: había piedras afiladas que debía esquivar de manera constante.

Llegó a unos metros de la fuente de luz. Era una gigantesca columna que salía de un agujero y ascendía interminablemente. Tenía una consistencia líquida, como si se tratara de una cascada invertida. Contra su potente resplandor azul se recortaban cuatro figuras. Contemplaban hipnotizados ese manantial de energía, como insectos frente al misterio de una farola descomunal.

Casasola se les unió, con temblores incontrolables. Apenas pudo hablar; sus dientes castañeteaban, igual que los de un anciano.

—¿Q-qué s-sucede? —masculló.

Sin mirarlo, Eugenio lo reprendió:

—¿Por qué tardaste tanto? La situación es más grave de lo que pensábamos.

Casasola se desplomó en el suelo. La primera en reaccionar fue Danielle. Se inclinó sobre él, le tocó el cuerpo y dijo:

—Se está congelando.

Verduzco se quitó la chamarra y lo cubrió. Quintana hizo lo mismo con sus pantalones. Eugenio aportó calcetines y zapatos. Ninguno parecía sentir frío.

Casasola comenzó a recuperarse, confortado por el calor que regresaba a su cuerpo. Se levantó y miró la columna. Ascendía, como una serpiente de luz: lenta, ondulante, pero sin detenerse. Algunas formas se distinguían brevemente entre sus pliegues, para luego fundirse en la corriente principal. ¿Eran rostros? ¿Bocas abiertas que proferían gritos silenciosos?

—¿Qué es? —preguntó.

—Almas —respondió Danielle.

—¿Cómo vamos a detenerlas?

—Sólo tú puedes hacerlo —intervino Eugenio—. Tienes que meterte a la grieta y descender hasta el fondo.

—Jamás —replicó Casasola.

Sus cómplices lo rodearon. A coro, dijeron:

—No tienes opción.

Lo abrazaron. Nuevamente, al unísono:

—Te aceptamos. Eres uno de los nuestros.

Y lo arrastraron al pozo.

22

Se hacían llamar los Trece de la Noche. Compartían los mismos principios del Tribunal del Santo Oficio: juzgar a los herejes y vigilar que en la Nueva España reinara la palabra de Dios. Sin embargo, discrepaban con la Inquisición en una cuestión fundamental: los dilatados tiempos de los procesos. Eran tan lentos que, en muchas ocasiones, los reos morían en las cárceles secretas sin recibir el castigo correspondiente. Quemar sus huesos o su estatua, como era tradición en tales casos, no bastaba. Los herejes debían sentir en carne propia el tormento de las llamas, comprender mediante el dolor extremo la magnitud de sus faltas. El Tribunal del Santo Oficio era abúlico, inoperante. En los dos siglos que habían transcurrido desde su instauración en la Nueva España, pocos herejes habían terminado en la hoguera. Era menester actuar por cuenta propia, adelantarse a las pesquisas de los inquisidores. Algo que los Trece de la Noche conseguían con frecuencia.

Era una cofradía conformada por miembros distinguidos de la sociedad novohispana: clérigos, abogados, doctores, comerciantes. También la integraban personajes menos influyentes como barberos, marineros y soldados, quienes se encargaban de realizar el trabajo sucio. El día era para espiar, escuchar, conspirar. La madrugada para actuar. Tenían un quemadero clandestino, situado en los alrededores de la Puerta Falsa de Santo Domingo. En esa zona terminaba, en su parte norte, la ciudad. No había casas ni iluminación. Un territorio de nadie, surcado por canales que serpeaban entre ruinas. Allí, junto a los muros de una capilla abandonada, entre el salitre y la madera quemada, podían verse restos de huesos carbonizados. A veces el viento levantaba un polvo blanco que luego caía en lentos y ondulantes copos. Le decían la Nieve de los Quemados. Quienes se aventuraban por ese lugar y la recibían, apresuraban el paso, tapándose los oídos, temerosos de escuchar el crujido de un hueso bajo sus pies, pero sobre todo de oír el eco perdurable de los gritos de agonía.

La existencia de los Trece de la Noche era un secreto a voces. Se les temía y respetaba aún más que a la propia Inquisición. Nadie se atrevía a denunciar a sus integrantes. Por el contrario, se prefería contribuir a su causa. Igual que ocurría con el Santo Oficio, había que denunciar para no ser denunciado. La ciudad hervía de chismes. Mientras la hoguera estuviera ocupada con la carne de alguien más, se podía estar a salvo.

Uno de tantos rumores en aquellos días fue el de la Bruja de Cabello Azul. Llegó a los inquisidores, por supuesto, pero los Trece de la Noche fueron, como de costumbre, más rápidos. La sentencia se dictó en un oscuro confesionario y se transmitió de miembro en miembro en menos de lo que canta un gallo.

Un ventarrón agitó los huesos calcinados junto a la capilla olvidada. Hicieron una extraña música, como si celebraran que pronto tendrían nueva compañía.

Leandro no era ajeno a los rumores. Intuía el peligro en el que se encontraban y, aunque le molestaba cambiar de rutina, tomó precauciones. Decidió que se encerrarían por un tiempo. Clausuró ventanas, puso una tranca en la puerta de entrada. El cabello de la mujer había comenzado a desteñirse, así que lo lavó todos los día para acelerar el proceso. Ya pasaría. Tan sólo eran habladurías de la gente, supersticiones de la época. Pronto encontrarían un nuevo chisme para entretenerse. Lo malo era que la mujer empeoraba con el encierro. Durante la temporada que estuvieron saliendo y paseando por la ciudad, su ánimo mejoró. Le hacían bien el aire, la luz, el bullicio de las calles. Incluso la vio sonreír en una ocasión. Ahora que volvían a estar recluidos entre cuatro paredes, su estado catatónico regresó. Y aunque eso lo frustraba, Leandro no tenía opción. Cruzar el portal sería su condena. Allá sabían quién era ella, quién era él. Sólo quedaba esperar.

Observó a la mujer sentada en el borde de la cama, con la mirada perdida en el vacío. No permitiría que se la arrebataran. Por primera vez tenía un hogar, una *esposa*. Por primera vez era feliz.

Leandro fue a la cocina y tomó un cuchillo. Comprobó que estuviera bien afilado; después lo ocultó entre sus ropas. Que vinieran si querían. Estaba preparado para recibirlos.

23

Mientras caminaba por los pasillos del Hospital Psiquiátrico las imágenes de la noche anterior acudieron a su
mente. Casasola había estado evadiéndolas desde que
despertó, sudoroso y agitado, en el departamento de las
Torres de Mixcoac. Ahora, los muros blancos y lisos que
lo rodeaban parecían el lienzo perfecto para que aquellas
secuencias angustiantes se proyectaran.

Tal vez, pensó, debería internarme voluntariamente,
como hizo el Griego.

Había despertado en la fría colchoneta, desnudo y
solo. Encontró su ropa tirada en el suelo, junto a la botella vacía de vino, único vestigio de su encuentro con
Danielle. Se vistió y buscó a sus amigos, sin encontrarlos. Luego se asomó a la ventana. La ciudad parecía la
de siempre: gris, abigarrada; el concreto estrangulando
las escasas manchas verdes, los automóviles moviéndose
tortuosamente por el asfalto. Una franja del Segundo
Piso atravesaba frente a él, impidiéndole ver más allá.
Las gruesas columnas que lo sostenían también dificul-

taban su visión. Pensó en la paradoja a la que se enfrentaban los habitantes de la torre en la que se encontraba: a pesar de vivir en un edifico alto, lo que les ofrecía la ventana era un paisaje sin horizonte.

Se registró en la recepción del hospital, se colocó el gafete de visitante y continuó caminando hacia la habitación del Griego. Los doctores y enfermeras se movían con su habitual indiferencia. Un camillero pasó a su lado, bostezando. Por los cristales vio el jardín y a un loco que conversaba con una rosa.

Nada parecía haber cambiado para el resto de las personas. Sin embargo, horas antes, Casasola había estado a las puertas del Inframundo; arriesgó su vida para cerrarlas y salvar a toda esa gente que continuaba con su rutina como si nada hubiera ocurrido.

Pero él sabía. Él había visto.

¿Qué vio? No estaba seguro. Una vez que sus amigos lo arrojaron por la grieta todo se volvió confuso, fragmentario. Recordaba la sensación de bajar interminablemente, deslizándose por una resbaladilla que giraba en espiral en torno al torrente de almas. La intensa luz azul penetraba en las paredes de roca, volviéndolas transparentes. Vio restos de todo tipo: esqueletos humanos, animales fosilizados, plantas petrificadas por el tiempo. Observó también edificios y construcciones atrapadas en el subsuelo; algunas eran modernas, otras tenían grecas prehispánicas. Contempló enormes campanas de iglesias olvidadas, escalones de templos condenados. Automóviles aplastados, ofrendas con cuchillos de obsidiana y osamentas de jaguar. Comprendió con estupor que se encontraba en los intestinos de la ciudad, que atestiguaba todo lo que esta se había tragado a los largo de los siglos, y que continuaría engullendo en su voracidad insaciable. Si había serpientes que se mordían la cola, la Ciudad de México era la urbe que se comía a sí misma.

Cuando llegó al fondo vio una pirámide que resplandecía. Junto a ella, descansaba la lápida de Tlaltecuhtli. Miró a la diosa: las fauces abiertas, las garras extendidas, listas para atacar. Casasola sabía que no era real; era la manera en que su cerebro asimilaba y traducía las imágenes de aquel lugar de pesadilla. Estaba, al fin, a las puertas del Inframundo.

Una figura descendió de la pirámide y se le acercó. En cuanto la reconoció, supo que estaba perdido. El cabello rubio cayéndole sobre los hombros, la piel blanca que resaltaba los rasgos del rostro. Era exactamente como la recordaba.

Elisa Matos, la arqueóloga de la que había estado enamorado y que le fue arrebatada por el Asesino Ritual, en el Museo del Templo Mayor.

Hubiera preferido enfrentarse a otra cosa. Contra ella no podría luchar. Quizá, pensó, vine aquí para unírmele. Pero, ¿en verdad es…? La presencia lo interrumpió, como si adivinara sus pensamientos.

—Hola —dijo—. ¿Por qué tardaste tanto?

Era su voz. Eran sus ojos. Casasola se estremeció.

—Sabía que vendrías por mí —continuó la arqueóloga—. Que no me dejarías… *aquí*.

Casasola dudó. Parecía que la mujer recitaba un guión. Buscó ganar tiempo haciendo preguntas.

—¿Dónde estamos? —dijo.

Elisa inclinó la cabeza hacia un lado, en un gesto más animal que humano.

—En el lugar donde nadie quiere estar —respondió.

—¿Eres real?

La mujer lo abrazó. Era su cuerpo. Su olor. No había duda: *Elisa*.

—Qué tonto —dijo la arqueóloga—. ¿Nos vamos?

Podía tocarla, sentirla. Sólo había una razón: había encarnado. Elisa se comportaba de manera extraña porque aún no se acostumbraba a su nueva condición. ¿Cómo explicarle el inconveniente de llevarla consigo, que era una Muerta Viva y que sufriría lo mismo o más allá arriba?

—En la superficie las cosas son iguales —dijo Casasola, y se quedó sin palabras.

—La Ciudad de Arriba y la Ciudad de Abajo. Los arqueólogos conocemos ambas. Sólo que nunca había descendido tanto... Aquí hay soledad y vacío. Y un hambre insaciable.

—No mejorará si vienes, créemelo.

—Estaremos juntos. Me niego a ser tu fantasma.

Casasola recordó aquella tarde de su primer encuentro en la terraza de la Porrúa. El vino que los embriagó, el sudor abriéndose paso por el escote de la arqueóloga. Una frase vino a su mente: *Abrirás mi cuerpo en dos, para leer las letras de tu destino...*

Entonces comprendió, con una lucidez dolorosa: Eugenio había abierto la puerta del Inframundo dándole vida al espectro que amaba; ahora él debía cerrarla matando al suyo.

Un círculo perfecto, atroz.

Elisa lo besó en los labios. Casasola respondió colocando las manos alrededor de su cuello. Apretó con fuerza, entre sollozos. Los ojos de la arqueóloga se abrieron grandes y lo observaron. En aquella mirada no había miedo, ni rabia, ni reproche. Había una enorme incomprensión. Un desamparo abismal ante aquella segunda muerte, tan absurda como la primera.

Elisa se desvaneció en sus brazos. Casasola cargó el cuerpo inerte y lo depositó sobre la lápida de Tlaltecuhtli. Se inclinó sobre su pecho, ya frío, presa de una incontenible amargura.

Se equivocaba. La Ciudad de Arriba y La Ciudad de Abajo no eran iguales.

Era más cruel el Inframundo.

Abrió los ojos. Se encontraba recostado en una cama, dentro de una habitación repleta de archiveros. Tardó en reconocerla, hasta que vio al Griego parado en una esquina, sirviendo agua en un vaso. Su amigo lo saludó con una inclinación de cabeza, tomó una silla y se sentó junto a él.

—Te desmayaste en el pasillo —dijo el Griego—. Los camilleros te trajeron.

Casasola se sentía desorientado.

—¿Cuántos días llevo aquí? —preguntó.

—¿Días? Eso fue hace diez minutos. ¿De cuál fumaste?

El Griego le ofreció el agua. Casasola bebió, sintiendo cómo el líquido aliviaba su boca seca. Sus ideas comenzaron a aclararse. Dejó el vaso sobre la mesilla de noche y se incorporó, sentándose al borde de la cama.

—Vine a despedirme —dijo.

—¿A dónde te vas?

Casasola meditó la respuesta.

—A otra ciudad.

—¿A buscar a Dafne?

Asintió. El Griego cruzó los brazos; en su rostro se dibujó un gesto de preocupación.

—Lamento no poder acompañarte.

Casasola miró a su amigo y sonrió. Seguía teniendo rostro de niño a pesar de su avanzada edad.

—No te preocupes —dijo.

Se puso de pie y caminó hacia la puerta.

—Volveré pronto.

Ignoraba que tardaría años en regresar.

Por fin dormía en su cama. Lo sabía porque estaba sentado ante una mesa circular, rodeado de figuras sumidas en la penumbra.

El Consejo de Periodistas de Nota Roja Muertos.

—Gracias —dijo Eugenio—. Hiciste un buen trabajo.

—Te portaste a la altura —comentó Verduzco—. Mis respetos.

—Te extrañaremos —agregó Quintana—. Cuídate.

Casasola comprendió que venían a despedirse. Aun así preguntó:

—¿Los volveré a ver?

El rostro de Eugenio emergió entre las sombras. Había recuperado su nariz. Se le veía tranquilo, relajado. El semblante de quien ha vuelto a casa.

—Hasta el día en que mueras —respondió.

—¿Cuándo?

Su abuelo sonrió con malicia.

—Eso, por fortuna, ni el Diablo lo sabe.

24

Llevaba días oculto, viviendo entre las sombras, observando. Atento a cualquier movimiento, a cualquier palabra que se dijera. Es cuestión de tiempo, pensó. La ciudad es pequeña, tarde o temprano tienen que aparecer. Pero el tiempo transcurrió sin novedades y la paciencia dio paso a la desesperación. Casasola dejó de ser discreto; comenzó a mostrarse a plena luz, a mezclarse con la gente. Deambulaba por el Portal de Mercaderes, el mercado del Parián y la Alameda haciendo preguntas. El problema era que no llevaba el atuendo adecuado. En su prisa por buscar a Dafne, había traspasado el umbral con su chamarra de cuero y su pantalón de mezclilla. Las personas lo veían raro, le daban la vuelta. Más de alguna creyó que se trataba de un filibustero llegado del puerto de Veracruz: hablaba y vestía extraño, como un personaje de ultramar. Cuando comprendió su error se deshizo de la chamarra, de los tenis. Fue a una charca y se revolcó en el lodo. Ya antes se había disfrazado de indigente; creyó que ahora también podría funcionar.

Resultó peor. Los menesterosos de la época eran en su mayoría indígenas de piel morena y raídas prendas de manta. Él parecía un lunático, un desquiciado peligroso. Daría miedo incluso en la Ciudad Moderna. Los guardias de Palacio y los serenos no le quitaban el ojo de encima. Pero Casasola no titubeó. Sabía que para convencer necesitaba meterse de lleno en el papel. Husmeaba en los tiraderos de basura, entre las verduras podridas que desechaban los comerciantes del mercado. Se llenó la boca con mazorcas crudas, con semillas rancias de cacao. Dormía en el atrio de Catedral, sobre un petate, junto a otros desposeídos.

Así fue como escuchó, de madrugada, una conversación entre dos hombres encapuchados. *Mañana, cuando callen las campanas de Catedral. Puerta Falsa de Santo Domingo. Auto de fe a la Bruja de Cabello Azul...*

Los hombres se despidieron con una inclinación de cabeza y se alejaron en direcciones contrarias; el ruido de sus pasos resonó en las calles durante largo rato, como el eco que dejan los aparecidos.

Acurrucado en el suelo, Casasola tembló. No pudo dormir el resto de la noche. Sabía que aquellos hombres se refería a Dafne, y que iban a quemarla viva.

Acudió a primera hora de la mañana a la dirección señalada. Se situó en un rincón desde el que podía observar toda la zona y fingió pedir limosna. Había tres casas a un costado de la iglesia de Santo Domingo. Conforme transcurrió el día, la de en medio permaneció con las ventanas cerradas. Nadie salió o entró por su puerta. Allí tenía que estar Dafne. Sólo una persona en la Ciudad Antigua podía tener el cabello de color azul.

¿Qué podía hacer? ¿Tocar a la puerta? No quería llamar la atención. Sólo quedaba vigilar, y esperar a que algo sucediera. Las horas gotearon lentas, exasperantes, marcadas por las campanas de Catedral.

La noche cayó, cerrada, compacta, como un cubo negro que pudiera tocarse. A las doce sonaron las últimas campanadas. Casasola se espabiló en su petate. Se frotó los brazos, tiritando; hacía más frío que ayer.

Los vio llegar por la plaza. Una procesión de encapuchados. Marchaban en fila, cargando una sola antorcha y un ariete de hierro. Sombras silenciosas que apenas se distinguían en la oscuridad.

Actuaron rápido. Se colocaron frente a la casa de en medio. Untaron brea a la madera de la puerta y le prendieron fuego; después utilizaron el ariete para derribarla. Un pequeño grupo entró. Hubo un silencio expectante, tras el cual los encapuchados salieron sujetando a un hombre y a una mujer. A la luz de la antorcha, Casasola pudo ver el rostro aterrado de Dafne.

Los encapuchados se los llevaron más allá de la Puerta Falsa de Santo Domingo. Casasola se incorporó, dispuesto a seguirlos.

Mientras se alejaba, varias siluetas emergieron tras las ventanas de las otras casas, mudos testigos del suceso. Habían visto. Sabían lo que ocurriría a continuación.

Y se persignaron: nadie sobrevivía al juicio de los Trece de la Noche.

25

La ciudad se había borrado. Las calles y las casas dieron paso a un territorio desolado. La última construcción reconocible que vio fueron los restos de una garita. Ahora sus pies cruzaban zanjas, montículos pedregosos, mantos de salitre. La luna brillaba en el agua pestilente de los canales, permitiéndole orientarse en la oscuridad. A lo lejos podía ver la antorcha de los encapuchados. El fuego se agitaba en el viento nocturno como ánima en pena.

Se escuchó el aullido de un coyote en las cercanías.

Por primera vez desde que llegó a la Ciudad Antigua, Casasola sintió miedo. Atrás habían quedado la Catedral, la iglesia de Santo Domingo, el Palacio de la Inquisición: edificios que le eran familiares porque aún existían en la Ciudad Moderna. Estaba internándose en una zona desconocida, en un limbo ajeno. Lo guiaba la obsesión de salvar a Dafne. No traía armas, nada con qué defenderse. ¿Moriría en ese muladar, en las afueras de otra época, donde nadie lo conocía? ¿Y qué pasaría del Otro Lado? Para las autoridades sería un desaparecido más; sus familiares y amigos desconcertados, preguntándose qué agujero se lo había tragado, esperando estoicamente su regreso, sin llegar a saber jamás lo que ocurrió.

Desaparecería sin dejar rastro, como tantas personas. Una estadística. Un rostro fotocopiado en los túneles del metro, en los postes de luz, en los tableros de anuncios...

La procesión de los Trece de la Noche se detuvo junto a los muros de la iglesia abandonada. Casasola se aproximó lo más que pudo y permaneció oculto tras el tronco de un árbol caído. Distinguió un poste que se alzaba sobre un promontorio. ¿Eran piedras o madera apilada?

Uno de los encapuchados habló, con marcado acento español:

—Auto secreto número treinta y tres. Culpable por maléfica, bruja y hechicera. Sentencia de relajación en persona, junto a su mancebo.

Dos encapuchados comenzaron a amarrar a Dafne al poste. Casasola sintió una descarga de adrenalina. Buscó a tientas en la tierra algo que pudiera ayudarle. Encontró una piedra del tamaño de su puño; sin meditarlo, se alzó para arrojarla hacia donde se encontraban los Trece de la Noche. El proyectil golpeó en la cabeza a uno de ellos, derribándolo. En medio de la confusión, Leandro sacó el arma que llevaba oculta en la ropa y se la hundió en la garganta al hombre que lo sujetaba. Los encapuchados desenfundaron sus puñales, cerrando un círculo en torno a él. Casasola aprovechó para escurrirse hasta Dafne; la liberó de las cuerdas y la llevó detrás de la iglesia.

Los gritos de Leandro saturaron la noche.

Huyeron como ratas asustadas. Casasola se dio cuenta de que Dafne no lo reconocía, pero confiaba en él. Se metieron en un canal y nadaron en el cieno de regreso a la ciudad. Constantemente escuchaban las amenazas de los encapuchados. *Te vamos a quemar, zorra, bruja hijaperra.* En una ocasión observaron la luz de la antorcha aproximándose al borde; jalaron aire y se hundieron en el agua pútrida. Aguantaron hasta sentir que los pulmones les reventaban; cuando emergieron, entre arcadas, vieron con alivio que estaban solos.

Continuaron avanzando en el lodazal, apartando de su camino basura, animales muertos. Algunos patos chapoteaban despreocupados junto a ellos, una nota discordante en aquella noche infernal.

Se salieron en la acequia contigua al Parián. Después se ocultaron entre la pila de desechos del mercado.

Dafne aguantó estoica la huida. Ni una queja salió de su boca. Casasola imaginó que había tenido que soportar cosas peores y la estrechó contra su pecho.

Bajo el manto de desperdicios que los cubría, ella le sonrió. Una luz brilló en sus ojos: *sé quién eres.* Y a pesar del miedo y la angustia, el cansancio los venció. Era la primera vez que dormían juntos en mucho tiempo.

También la última.

26

4 de abril de 1768

Amanecía en la ciudad. El olor del pan recién horneado y el del chocolate caliente fueron los primeros signos de vida. Poco a poco, la gente salió de sus casas y comenzó a inundar las plazas, los mercados, las iglesias.

Era, en apariencia, un día como cualquier otro en la capital de la Nueva España. Un día que, sin embargo, tardaría mucho tiempo en borrarse de la memoria de sus habitantes.

Una pareja de indigentes avanzó entre la multitud. Cruzó la Plaza Mayor, luego enfiló por la calle del Empedradillo. Algunas palomas alzaron el vuelo, asustadas ante su paso.

Olían a estiércol, a fruta podrida, a leche agria. Pero iban abrazados y caminaban con dignidad.

Se detuvieron en la Puerta Falsa de Santo Domingo, frente a un callejón que ocultaba un arco empotrado en una pared y un rectángulo de oscuridad.

Iban a cruzar el portal cuando una figura emergió de un rincón para impedirlo.

—¿A dónde creen que van? —dijo Leandro.

Tenía el cuerpo cosido a puñaladas, aunque se mantenía en pie. Sostenía en la mano el mismo cuchillo que le había clavado a su captor en el cuello.

—No me las vas a quitar —sentenció—. Ella me pertenece.

Casasola colocó a Dafne detrás de él y observó a Leandro con detenimiento: el rostro y el cuerpo cubiertos de sangre, los ojos desorbitados. Calculó las posibilidades. Su rival estaba debilitado por las heridas, podía vencerlo.

Iba a dar un paso al frente, pero Dafne se adelantó. Corrió hacia Leandro y lo abrazó. Después volvió el rostro hacia Casasola y dijo:

—No me voy a ir contigo. Quiero quedarme con él. Gracias por salvarme de la hoguera.

Casasola enmudeció. No podía creer lo que ocurría.

Leandro sonrió. Un gesto triunfal, satisfecho. Después su sonrisa se ensanchó demasiado; un gesto grotesco que reflejaba dolor y sorpresa. Sin que se diera cuenta, Dafne le había quitado el cuchillo y ahora se lo clavaba en un costado.

Leandro se desplomó y junto con él retumbó la tierra. Las paredes cercanas se curvaron. Las campanas de las iglesias comenzaron a repiquetear sin que nadie las tocara.

Estaba ocurriendo un terremoto.

Casasola señaló el portal y le gritó a Dafne:

—¡Corre!

Ella se movió de prisa y lo atravesó. Casasola no pudo: la mano de Leandro le sujetó el pie, derribándolo. Los muros que los rodeaban no resistieron más y los sepultaron bajo una lluvia de ladrillos.

A la destrucción siguió el silencio. La ciudad acababa de convertirse en un cementerio.

27

La oscuridad era impenetrable. Quiso tocar alguna parte de su cuerpo, pero se dio cuenta de que no tenía, que sólo era una conciencia que flotaba a la deriva en esa noche primigenia. Le pareció que estaba dentro de un útero, moviéndose en líquido amniótico. ¿En verdad morir era volver a nacer, como creían algunos?

Escuchó una voz familiar, y entonces Casasola ya no tuvo duda…

—¿Puedes verme? —preguntó Elisa.

—No —respondió.

…Había perdido el don de comunicarse con los muertos, y si hablaba con Elisa sólo podía significar una cosa: él también estaba muerto.

—¿Tú puedes verme? —preguntó.

Una pausa. Un segundo eterno.

—No —dijo al fin Elisa—. Y me alegro: así será más fácil despedirnos.

—Entiendo que no quieras mi compañía, después de lo que te hice…

No hubo respuesta. Casasola se sintió abandonado ante ese abismo de negritud constante, y comprendió el verdadero horror que aguardaba tras la muerte.

—Tonto —la voz de Elisa regresó, reconfortándolo—. No estoy molesta contigo. Ahora sé que hiciste lo correcto.

—¿Me dejarás estar aquí contigo?

—No es decisión mía. Estás en el Umbral, pero vas de regreso.

—¿A dónde?

Silencio. Casasola percibió que en ese lapso inconmensurable se marchitaban las almas, y que nuevas formas de vida se agitaban en la oscuridad acuosa.

—Adiós —dijo Elisa.

Casasola sintió que lo besaba en los labios, que volvía a tener cuerpo. Un beso helado, que cicatrizaba heridas.

Quiso hablar, pero una bocanada de aire y tierra se lo impidió.

28

Salió de entre los escombros como un resucitado. ¿Cuánto tiempo había pasado desde que la tierra dejó de moverse? Casasola no tenía idea. A lo lejos se escuchaban gritos de socorro. Recordó que no estaba solo; movió las piedras y encontró el cuerpo sin vida de Leandro. Su rostro conservaba la misma expresión de perplejidad que le había provocado la puñalada de Dafne.

Se incorporó y miró a su alrededor. Comprobó que el portal estaba destruido. Parte del muro que lo contenía se había caído, partiéndolo a la mitad. Sin embargo, el derrumbe había dejado al descubierto una pared interior. En esa cavidad aguardaba otro portal, con un arco diferente.

Un hombre que empujaba una carreta llena de cadáveres se detuvo a unos metros. Se pasó una mano por la frente sudorosa y observó a Casasola con mirada inquisitiva.

¿Lo habría reconocido? ¿Sería parte de los encapuchados que los persiguieron durante la noche?

Casasola tuvo una certeza: no podía quedarse allí. Ignoraba qué le deparaba el azar, pero iba a descubrirlo.

Se colocó frente al arco y cruzó hacia lo desconocido.

29

Dudaba qué llevarse, así que decidió dejarlo todo. El Griego se detuvo en el barandal que estaba frente a su cuarto y contempló por última vez los jardines del Hospital Psiquiátrico. Debería estar feliz, pensó. Pero aquel lugar se había convertido en su casa en los últimos años, y ahora le daba pesar abandonarlo.

Saviñón, el director de la institución, lo había mandado llamar por la mañana. Hacía tiempo que el Griego no entraba en su oficina; intuyó que debía tratarse de algo importante. Aun así, no imaginó la noticia: me van a destituir, le confesó Saviñón. Un colega perteneciente a la mesa directiva le advirtió que se preparaba el inminente cambio.

Mirándolo con sus ojos empequeñecidos tras los lentes de fondo de botella, Saviñón le dijo:

—No me creen capaz de dirigir este lugar. Piensan que en realidad debería estar entre los pacientes.

Eso no fue todo. Su amigo le tenía reservada una noticia más desconcertante.

—Voy a dejarte en libertad —le dijo—. Tú y yo sabemos que no estás loco, y sólo tú y yo sabemos los motivos por los que estás aquí. Eliminaré tu expediente.

De regreso en su cuarto, el Griego miró los archiveros, las pilas de periódico acumuladas contra las paredes. De pronto todo eso le pesó como si lo estuviera cargando con sus propias manos. Tomó una decisión: dejaría su archivo ahí. Empezaría de nuevo, buscaría otra forma de gastar su tiempo. Se despidió de Saviñón con un apretón de manos. El director no quiso alargar el momento.

—Vete ya. Están por traer a un peligroso criminal para una evaluación psiquiátrica. Será la última que haga. Seguro lo conoces, se llama…

El Griego caminó con paso lento por los pasillos del Hospital Psiquiátrico. No podía creer que se dirigía a la salida, rumbo a la… ¿libertad? Era lo mismo adentro que afuera. En la puerta se cruzó con un grupo de judiciales. Lo que vio le confirmó su teoría. Traían con ellos al criminal que evaluaría Saviñón. Estaba esposado de manos y pies. Reconoció su rostro, lo había visto en los periódicos.

Max Siniestra, el Librero Asesino.

Intercambiaron miradas durante unos segundos. En sus ojos vio un vacío. Un vacío que no podía llenarse con nada, pero que podía tragárselo todo.

El Griego dudó antes de salir. Sabía que era más segura su celda que la ciudad. Pero ya no había marcha atrás. Bajó los escalones y se internó en las calles del psiquiátrico más grande del mundo.

El tarot tenía colocado el letrero de CERRADO. Dentro, Danielle había encendido todas las luces y se preparaba para hacer algo que hacía mucho tiempo no se atrevía. Sacó el espejo de cuerpo completo que tenía guardado en el armario y lo recargó sobre la pared. Después cerró los ojos y dejó caer la bata que la cubría.

Médium, le decía la mayoría de la gente. En el siglo pasado la habían llamado bruja. Los círculos de iniciados tenían otro término para definirla…

Respiró hondo y abrió los ojos.

…*Inmortal.*

Contempló lo que el tiempo había hecho con su carne. Aunque envejecía lentamente, los estragos ya eran notorios, vergonzosos. Recordó las palabras de la moribunda a la que obligó a darle información, y que luego la maldijo:

—Pobre Danielle, vivirás muchos años.

Estaba rodeada de muertos, pero ella no podía morir. Continuaría arrugándose, hasta convertirse en un pergamino de piel humana, una reliquia olvidada en una vitrina.

Mientras tanto, continuaría atenta, vigilando. Su labor no había concluido. Los Encarnados podían regresar.

La enfermera se acercó para sedar a Dafne. Mondragón se apartó de la cama y miró cómo la inyectaba. Tras unos segundos, se quedó dormida. O tal vez fingía. El judicial comprendió que estaba cansada de hablar con él. De oír las mismas preguntas una y otra vez.

Salió del cuarto, apesadumbrado. Aquella mujer había perdido la cabeza. Los abusos sufridos a manos de su captor le dejaron secuelas indelebles. Su testimonio no tenía pies ni cabeza. Hablaba obsesivamente de un portal, de un viaje al pasado, de un terremoto. Afirmaba que Casasola la había rescatado y que se quedó atrapado en la época de la Colonia. Fantasías para fugarse del horror que vivió.

Mondragón se detuvo en la calle y marcó por enésima vez al teléfono de Casasola. ¿Dónde demonios se había metido?

30

El Mulato caminó por la calle de Donceles. Le gustaba porque era tan vieja como él. Había cosas en la ciudad que no cambiaban, aunque su exterior aparentara lo contrario. En esa zona permanecían cruces de caminos y espíritus antiguos. Algunos los podía utilizar y manipular a su favor; con otros era mejor no meterse.

Se detuvo frente a la cortina de la librería Inframundo. Abrió la puerta sin problema: no había umbral que se le resistiera. Avanzó entre los corredores polvosos y las estanterías descuidadas. Las voces lo guiaron al lugar indicado. Tomó el libro de Blas Botello, sintiendo cómo vibraba en su mano: un nido de avispas ansiosas por esparcir su veneno.

Luego cruzó la ciudad para atender una cita. Le abrieron Roque y Ricardo. Maniáticos y quisquillosos, como siempre. Les urgía ver lo que traía.

No quería entrar, les dijo. No, ese libro carecía de precio. Ya les pediría algo a cambio después…

Dejó a los hermanos Escamilla en su casa, babeando

con la reliquia. ¿Qué resultaría de aquel trueque? Un libro peligroso en manos de gente peligrosa. Ya se vería. Esa era su vocación: liberar abismos, conectar vórtices, abrir puertas que deberían permanecer cerradas.

Se alejó caminando. Le gustaba vagar por la ciudad y contemplar la obra del Gran Arquitecto. Su caos perfecto. Él sólo era un peón, un siervo fiel, eficiente.

Mientras se perdía entre las calles, el sol comenzó a hundirse entre los edificios, dejando la urbe a merced de las tinieblas.

EPÍLOGO

Era la misma ciudad, y a la vez, otra.

Casasola reconoció algunos edificios, otros no. Caminó hasta un puesto de periódicos, nervioso; tomó un ejemplar y analizó la portada.

La fecha lo conmocionó.

Decía:

NOTA

La historia de la "esquina maldita" de las calles de Argentina y Guatemala es cierta. La cuentan tanto Héctor de Mauleón en *La ciudad que nos inventa*, como Juana Zahar Vergara en *Historia de las librerías de la Ciudad de México*. Hoy en día ese cruce no existe; en su lugar están las ruinas del Templo Mayor. Lo que puede verse allí, como testigo de aquella extraña saga, es el padrón infamatorio de los Ávila.

El libro de Blas Botello, el malogrado astrólogo de Cortés, también existió. Bernal Díaz del Castillo habla de él en su *Historia verdadera de la conquista de la Nueva España*. El volumen se perdió en la Noche Triste; el resto es invención mía. Un ajuste de cuentas ante el hecho de que un libro tan singular se haya extraviado para siempre.

Hay dos textos que me ayudaron a comprender la Ciudad Antigua, y lo que quería narrar de ella: *Inquisición y sociedad en México, 1571-1700*, de Solange Alberro e *Historia del Tribunal del Santo Oficio de la Inquisición en*

México, de José Toribio Medina. Una época en la que los libros eran verdaderamente peligrosos. Hoy en día, por desgracia, la mayoría son tan anodinos y caros que sólo ponen en riesgo los bolsillos de los lectores.

Es importante aclarar que la librería Inframundo es una de las mejores de la calle de Donceles, y una de mis favoritas del Centro Histórico. Espero que mi imaginación exacerbada no aleje a los lectores de sus atractivos pasillos.

Un agradecimiento especial a mi tocayo Bernardo Fernández *Bef,* quien dio su consentimiento para que Andrea Mijangos auxiliara a Casasola. Este *crossover* de personajes ya ocurrió antes en su propia serie, en la novela *Azul Cobalto.*

Por último, y como el lector lo sabe, Casasola quedó atrapado en otra época. Habrá que sacarlo de allí.

ÍNDICE

La narrativa de **Bernardo Esquinca** (Guadalajara, 1972) se distingue por fusionar lo sobrenatural con lo policiaco. En Almadía ha publicado la Trilogía de Terror, conformada por los volúmenes de cuentos *Los niños de paja, Demonia* y *Mar Negro*; la Saga Casasola, integrada por las novelas *La octava plaga, Toda la sangre, Carne de ataúd* e *Inframundo;* y la antología *Ciudad fantasma. Relato fantástico de la Ciudad de México (XIX-XXI).*

Títulos en Narrativa

LA OCTAVA PLAGA
TODA LA SANGRE
CARNE DE ATAÚD
MAR NEGRO
DEMONIA
LOS NIÑOS DE PAJA
Bernardo Esquinca

EN EL CUERPO UNA VOZ
Maximiliano Barrientos

PLANETARIO
Mauricio Molina

OBRA NEGRA
Gilma Luque

LA CASA PIERDE
EL APOCALIPSIS (TODO INCLUIDO)
¿HAY VIDA EN LA TIERRA?
LOS CULPABLES
LLAMADAS DE ÁMSTERDAM
Juan Villoro

LOBO
LA SONÁMBULA
TRAS LAS HUELLAS DE MI OLVIDO
Bibiana Camacho

EL LIBRO MAYOR DE LOS NEGROS
Lawrence Hill

NUESTRO MUNDO MUERTO
Liliana Colanzi

IMPOSIBLE SALIR DE LA TIERRA
Alejandra Costamagna

LA COMPOSICIÓN DE LA SAL
Magela Baudoin

JUNTOS Y SOLOS
Alberto Fuguet

LOS QUE HABLAN
CIUDAD TOMADA
Mauricio Montiel Figueiras

LA INVENCIÓN DE UN DIARIO
Tedi López Mills

FRIQUIS
LATINAS CANDENTES 6
RELATO DEL SUICIDA
DESPUÉS DEL DERRUMBE
Fernando Lobo

EMMA
EL TIEMPO APREMIA
POESÍA ERAS TÚ
Francisco Hinojosa

NÍNIVE
Henrietta Rose-Innes

OREJA ROJA
Éric Chevillard

AL FINAL DEL VACÍO
POR AMOR AL DÓLAR
REVÓLVER DE OJOS AMARILLOS
CUARTOS PARA GENTE SOLA
J. M. Servín